凝视深渊时

徐瑞 著

九州出版社
JIUZHOUPRESS

图书在版编目（CIP）数据

凝视深渊时 / 徐瑞著 . -- 北京：九州出版社，2022.9

ISBN 978-7-5225-1147-4

Ⅰ．①凝… Ⅱ．①徐… Ⅲ．①短篇小说－小说集－中国－当代 Ⅳ．① I247.7

中国版本图书馆 CIP 数据核字（2022）第 160448 号

凝视深渊时

作　　者　徐瑞 著
责任编辑　张皖莉
出版发行　九州出版社
地　　址　北京市西城区阜外大街甲 35 号（100037）
发行电话　（010）68992190/3/5/6
网　　址　www.jiuzhoupress.com
印　　刷　河北中科印刷科技发展有限公司
开　　本　880 毫米 ×1230 毫米　32 开
印　　张　7.25
字　　数　155 千字
版　　次　2022 年 9 月第 1 版
印　　次　2022 年 10 月第 1 次印刷
书　　号　ISBN 978-7-5225-1147-4
定　　价　56.00 元

目录

01

消失的刺猬

我叫袁政，干了两年片警、四年刑警，谈不上经多见广，就是命不好，跟了个查起案来六亲不认的师父，参与过一些匪夷所思、天方夜谭的案子。其中一部分，是烧烤摊上吹牛下酒的谈资；另一部分，我媳妇儿认为应当记下来，替已经没法开口的被害者，再问个所以然。

我要说的第一个案子，跟一只消失了二十一天的刺猬布偶有关。

那是十月中旬，已经连下了一个星期的雨，人和事都溺在湿漉漉的空气里，憋闷异常。好不容易出一天太阳，大伙儿总算逮着空，长长透了口气，只是当街面上穿短袖的和穿薄羽绒的擦肩而过时，各自都在心里否定了对方的智商。同样湿漉漉的还有一幢幢钢筋建筑。水岸花都 A 区 7 栋，警戒线从 1602 室门口一路拉进电梯间。

我披着件冲锋衣，把腰包往后撸了撸，戴上鞋套进门，即被客厅景象骇得脚步一滞。一个二十出头的年轻女性，歪着头卧在沙发上，左额角一道血口，左臂垂近地面，留有不少锐器伤，右臂压在身下。她上身穿浅灰色珊瑚绒睡衣，下身盖着一件男士外套，从裸露部分看，睡裤被脱到了脚踝处。最触目惊心的，是被害者脖子上的喉切伤，显然割断了动脉，喷涌而出的鲜血染红了沙发、地板、茶几，甚至不远处水蓝色的墙壁。

眼见被害者死状惨烈，同队的老何哥叹了口气："怎么搞的啊……"

接话的是师父："从手臂的防御性伤口和玄关的滴落血迹看，被害者曾经和凶手面对面，下意识用胳膊保护头部。由于凶手堵着门，被害者转身逃往卧室，意外或由人为干涉摔倒，额头磕上茶几，在晕眩中被抓上沙发侵犯。这个过程中被害者高声呼救，凶手可能害怕有人听见，从后割断了咽喉。"这一整段推论，仿佛已经还原了全部的犯罪过程。

老何点点头，又问："外套是谁的？"

这回换我接话："报案人叫成杰，和被害者是情侣。刚才问了几句，他说今晚九点来找女朋友，进门时灯亮着，一眼看见她下身赤裸倒在血泊里。成杰慌忙报了案，不敢乱动，又不能看女朋友就这么……就给盖上了外套。"外套的袖管、衣摆都沾着血迹，沙发旁的地板上还叠了几个血脚印。

师父显然很头疼："他碰过被害者了？"

我也很头疼："碰了……"

成杰不仅接触过被害者，还破坏了现场，很可能覆盖住凶手的鞋印。如果他哭过、在紧张下手心冒汗，甚至会污染凶手留下的 DNA。师父掐把眉心道："安排体液采集，小袁负责现场，老何摸排周边。这栋楼隔音做得不错，隔壁可能什么都没听见，跑一趟对面楼同层。”

“得令！”

我师父姓杨，警校风云人物，没毕业就被市公安局看上，前脚出校门，后脚进刑警队，三十三岁时碰上我。那时我还在派出所当片警，偶然间参与一起市局的案子，给当时还不是师父的他帮了点小忙。结案那天凌晨，我蹲在路牙子上点烟，火机不防风半晌打不着，师父从后面递火上来，问我想不想干刑警。

“哥你别逗了，”我冲他咧嘴，满脸苦相，“我还想平平安安地活到领养老金。”

可干警察的，你想自己平安，就有人不想让老百姓平安。师父说我是个闲不住的主，与其把这两膀子力气花在一个辖区，不如花在整个市里。我说干不成，我受不了要面对的形形色色嫌疑人，审讯室里一排栏杆、两张桌、一摞照片，几个小时困在那儿，听犯人喋喋不休地诉说人生困苦，给自己的罪行找来千八百个冠冕堂皇的理由，却把真正受难的人留在沉默之中。师父说，正是因为这样，我才适合干刑警：我不愿听的，被害者也不愿听；我想干的，被害者正希望我干。

一年后，我钻头觅缝地挤进市公安局刑事侦查支队拜了师。没敬拜师茶，敬了两箱拜师酒，敬得我跟他第二天都被当时的副大队长骂得狗血淋头。

跟了师父三年，我学到的第一件事，就是资料不过夜。

水岸小区命案当晚十一点一刻开会，我在白板上贴好照片，先捋现场情况：“被害者林菁，二十六岁，在银行上行政班。初步推断死亡时间在七点前后，致命伤即喉切伤，由左至右。被害者衣衫不整、疑遭性侵，家中财务没有损失，但成杰称丢了一只十八厘米长的刺猬布偶，这是他送给被害者的生日礼物。另外林菁的手机显示她当晚点过外卖，七点零三分显示送达，而家中没有找到任何外卖餐盒。目前，现场留下的疑似凶手的鞋印，以及指纹、发丝、皮屑、尘土等已移交鉴证处理，凶器下落不明。”

老何做周边摸排的补充道：“下午六点二十五分，小区监控拍到死者身着银行制服进入。七点左右，对面楼有住户听见凄厉的惨叫，很快又停了，分辨不出方位，和死亡时间吻合。”

我皱起眉头：“会不会是外卖员激情杀人？”

师父靠在椅子里，有些走神：“凶器没有留在现场，大概率是凶手自己携带的，不敢留下。”

他的意思很清楚：持械入室而未实施盗窃行为，不符合入室抢劫的情况，所以凶手应该认识被害者。而外卖员送餐随机性太大，作案机会很难把控。

我摸着下巴道：“不过，也不排除外卖员认识林菁，接单后凑巧发现是她家，才有这么一出……诶，头儿，你从刚才起一直在想什么呢？”

“……刺猬去哪儿了？”

“啊？”

刺猬去哪儿了，师父很在意这事儿，但就算是刺猬活过来跑了，调查也不能围着刺猬干。刺猬消失的第二天，我和老何兵分两头，我摸排林菁的社会关系，老何找外卖员。老何干了半辈子刑警，经验挺丰富，可惜向来运气不大好，这么多年也没见肩上添道杠。据他灰头土脸传回的消息，外卖员送餐时没能进屋，给林菁打过电话，但没人接，他把餐放在门口，发了条送达消息就走了，没听见任何动静，也没见着任何人，老何的线就这么断了。

另一头，我摸到条线索。据林菁挚友透露，林菁家境优渥，但因为家教很严、生活传统，导致人际圈并不大，除了单位同事，就只和几个同学往来密切。她待人处事温柔有距离，而且人长得尤其漂亮，业余爱好就是读书、种花、拍点貌美如花的自拍，俨然一个文艺女青年。她和男友持续了五年爱情长跑，依然如胶似漆，国庆假期还一起去欧洲旅行。用挚友的话说，除了是厨房杀手，林菁堪称完美。

当我问起有谁对林菁存在敌意时，那姑娘犹豫道："我不知道这算不算敌意……警察小哥，你知道有种人专门复制别人的生活吗？"

我没听明白，她又道："菁菁喜欢自拍，但她不用社交软件，都是发朋友圈。今年六月，我突然在微博上刷到了一个人，用的竟然全是菁菁的照片，只是把成杰截掉了，伪装成单身白富美。我发现的时候，账号已经有了小几万粉丝，底下一片'女神''老婆'地喊，还有送礼的，简直就是个小网红。我马上把这事告诉了菁菁，她吓坏了，谁会想到自己朋友圈里藏着这么一个人，天天偷窥自己的生活，你前一分钟发自拍，后一分钟就叫人搬到微博上了。"

我皱起眉头："后来呢？"

"举报呗！菁菁也在朋友圈旁敲侧击地说了这事，但没人认。警察小哥……你说是不是因为被举报封号，那人对菁菁起了杀心啊？是不是我害了菁菁？我没想的……”

眼见她说着说着就要掉眼泪，我忙摸遍全身，找了包纸巾递过去，让她相信警方，我们会给林菁一个交代。但麻烦的是，偷林菁生活的博主已经被销号，现在要找这个人几乎是大海捞针，我的线也断了。而且不仅两条线都没走通，法医还送来了匪夷所思的报告：林菁并未遭到性侵。

刺猬消失的第三天，开会时，所有人都愁眉不展。根据林菁死时的状态，凶手显然想要强暴她，最终却没有实施这一行为，只有一个可能——犯罪被迫中止。我不相信一个持刀入室、割喉毫不手软的凶手，会因为于心有愧中止对被害者的侵犯，他显然是被其他原因阻止了，比如——

我一拍桌子：“是外卖员！”

师父点点头：“调监控，排查七点零三分以后提着外卖餐盒离开水岸花都的男人，身高一米七五左右，体型中等偏瘦，可能戴口罩或棒球帽等遮掩面部，脱了外套，穿单衣。”

我知道师父的意思，根据防御性伤口，可以推断凶手比林菁高十厘米左右；有足够的力量把林菁压到沙发上，又需要持械壮胆，体格不会太壮；从血迹喷溅路径看，凶手身上肯定有血，但门卫对当晚进出小区的人没有印象，凶手不会满身血离开，也没有打赤膊这么显眼，只可能来时穿着外套，离开时脱了。

有了方向，我和老何忙活了两个多小时后，终于锁定了嫌疑人。案发当晚六点五十分，一个戴黑色口罩、穿褐色夹克的男人进入小区。七点十二分，男人离开，夹克裹着什么东西掖在臂弯里，穿深蓝色圆领 T 恤，另一手提着份外卖。该男子不仅进出时间与案发时间高度重合，而且从监控画面看，他的体貌与师父的分析非常接近。

虽然找到了嫌疑人，但这只是开始。拿着监控照片，我们逐一排查林菁的亲朋好友、上司同事甚至曾经接触的客户，结果却大失所望——没人认识照片上的男人。我们不死心，转头扎进天眼网络，发现男人离开小区后，步行抵达了棚户区，最终消失在杂乱的街巷里。师父直接撒出去两组人，不舍昼夜地在棚户区、水岸花都沿路搜索。棚户区已有数十年历史，犹如城市顽疾，窄巷、岔道、违建……你中有我，交错相拥。排查警员一头扎进去，连东南西北都分不清，更别说问到什么有价值的线索。唯一的收获是，有居民称，案发前两天在水岸花都门口，曾看见疑似嫌疑人的男子与林菁纠缠，但以为是小两口吵架，并未在意。还有其他案子一天两件接踵而至，全队忙得团团转，棚户区的线索进展速度几乎为零。

林菁头七那天，我在队里看了一宿资料。我知道"天网恢恢疏而不漏"，也知道根据"洛卡尔物质交换定律"，犯罪行为人只要实施犯罪行为，必然会在犯罪现场遗留下痕迹，根据这些痕迹，就能将凶手缉拿归案。但我更知道，一个星期的努力，线索却一断再断，案子走入了僵局。

凶手认识林菁，却从未在她的社交圈里出现过。出于某些原因，他持刀闯进她家，试图对她进行侵犯。但由于意外而中止了侵犯，那他又是在什么样的情况下，只带走了一个刺猬玩偶？

凶案发生半个月后，案情迎来了转机。一天下午，成杰突然找到我，问我能不能查一个社交账号的使用者。我那会儿刚结了个吸毒人员抢劫案，通宵把人抓了，胡子没刮脸没洗，正想回家睡俩小时，心情不好，脑子也不好，告诉成杰这事儿不归大队管。

他却死活拽着我不放，满脸焦急："袁警官，这个账号用的都是菁菁的照片，但今天还在更新，肯定不是菁菁！"

我太阳穴一跳，一把将他的手机抢了过来。那是个以语音聊天、陪玩为主的社交软件，账号头像是林菁的自拍，累计粉丝三万多，花榜已有数十万元的打赏，个人动态除了晒礼物、号召粉丝打榜，以及作为福利的卖萌语音条外，全是之前林菁朋友圈的内容。根据第一条自拍发布时间看，账号在今年六月底开始使用。

师父一直惦记的刺猬也有了着落。从林菁的自拍上看，她非常喜欢那只刺猬，大部分自拍都有刺猬布偶出镜。即使是黄金周和成杰到欧洲旅游，林菁也把刺猬带上，拍了很多美照。我没等成杰反应，捞着他直奔技术科。找到账号使用者时，她甚至不知道林菁已经死了。

坐在审讯室里的女人个子矮小，但非常丰满，顶着一头因多次烫染而有些枯干的黄发，穿着价值上万的大衣，提着只我叫不上名字的名牌包。虽然强自镇定，但她做了美甲的手仍在发抖。

"警官，能抽烟不？"

见我挑起眉毛，她搓了搓手，说了第二句："警官，不关我的事嘛……"

“关不关你的事有法律判断，为什么这么干？”

或许是害怕，也或许想尽早把自己择出去，女人几乎有问必答。她叫张美娟，三十岁，常住市下辖的县城里，在超市做收银员。张美娟家境不太好，有个弟弟，工资除了补贴娘家，就是应付小家庭的柴米油盐。丈夫在广州打工，一年到头只见钱不见人，两人各过各的。

“我不得犯法嘛，她发了照片，我拿来用用，她要是不愿意，就不要发嘛……”

我冷笑道：“你觉得自己占理是吧？”

张美娟不敢看我，只是低着头嗫嚅：“不关我的事嘛……哪个晓得她会死？又不是我杀的人，你们应该找杀人犯，咋个会找我呢？”

张美娟和林菁是在一个书友群里认识的，那时候她喜欢看图多字少的游记，总觉得自己的灵魂被困在了生活的泥潭里，不见天日。而林菁是和她迥然不同的城市姑娘，纵然薪水不算高，但家里有钱，男朋友也有钱，周末出去吃顿饭可以花三四百，买一件衣服得上千，还能和男朋友去欧洲旅游。看着林菁的朋友圈，看着那些“上流社会”的生活和那张精致漂亮的脸，鬼使神差之下，张美娟开始在微博上复制林菁的生活。

“刚开始，我就是想试试被人家点赞的感觉，随便发了点照片，哪想到一晚上就涨了两百个粉！”说到账号，张美娟浑浊的眼睛都亮了，“不是我要偷她的东西，是粉丝催我，让我多更新，我就天天发。他们看得高兴，我也高兴，还说要送我礼物，我就满足他们嘛……”

欲望一旦开了闸，就再也收不住了。七月中旬被举报封号后，张美娟为了继续享受众星捧月的感觉，凭着记忆找到微博互关的男网友，谎称自己被善妒的女人陷害，引导他们转移到新平台。网友一传十十传百，不到半个月，她就找回了当初的“铁粉”，加上她声音甜、会撒娇，很快又收获了一批拥趸。

仿佛想要证明自己，张美娟装腔作势地发嗲：“如果有那张脸，我也可以享受下馆子、穿好衣服的生活嘛！我有资本啊，我身材好，粉丝都喊我‘童颜巨乳女神’，我又会聊天，才有那么多人喜欢我。”

新平台虽然需要直播 pk，但张美娟想了个好法子：每次直播只露脖子以下的部位，穿着性感吊带，撒娇让粉丝给她送花打榜。而在日常动态里，她仍然偷窃着林菁的自拍、随笔。一年时间，从微博到小平台，她用林菁的人生，用男网友送的钱、首饰、包，从一个普通妇女，摇身一变成县城里家喻户晓的人物。

“小地方的人懂啥子？有钱的就是这个。”张美娟挑起拇指，“那些嚼舌根的婆娘羡慕死了，以前说我守活寡，现在还不是‘娟姐娟姐’地喊？给娃娃找学校都要借我的项链充门面。”

日子过成了另一个模样，她开始嫌弃只会寄钱回来的丈夫。没钱的时候，她天天在家给瘫痪的公公把屎把尿，现在她一晚上能收几千块，比丈夫一个月工资还多，她觉得应该换别人来伺候她。张美娟说，她正在跟丈夫办离婚。

我问她：“你到现在还在偷林菁的生活，就没想过为什么这半个月她一条信息也没更新？”

“不关我的事嘛……”张美娟避开我的视线，也避开了话题，“冤有头债有主，不该找我啊……”

一个被嫉妒、自卑和物欲填满的女人，不仅是个法盲，还拥有完美自洽的逻辑。她无法理解这一系列自私自利的行为，可能为千里之外的一个无辜女孩儿带来多大的困扰，甚至觉得自己在替林菁“合理利用生活”。网络为张美娟提供了欺骗自己的沃土，滋养着她无底洞般的贪婪。

而张美娟，还远非林菁案的最后一环。为了撇清嫌疑，她着急忙慌打开手机，将所有聊过骚的男人撂了出来。据她说，有个男网友尤其痴情，追了她三个月，为她花钱无数，她还想离婚的时候再找他要一笔。但这一个多星期，男网友却突然消失了。

张美娟说：“警官，该说的我都说了，死人真的和我没关系，我肯定想她活得好好的，才有照片给我用，我才能赚钱啊。你们不能抓不到杀人犯，就拿我开刀嘛。”

我懒得和她辩个是非对错，让小李接手继续审，拿着张美娟提供的照片，马不停蹄地去和监控作比对，确认该网友和嫌疑人是同一个人。

追张美娟的男网友叫赵振阳，临县人。凶案发生的第二十一天，我和老何在县汽车站的出省大巴上，合力把赵振阳按倒，搜出了林菁的那只刺猬玩偶。

我见过穷凶极恶的杀人犯，抓捕过程中差点被捅成烈士；见过撒谎成性的嫌疑人，审讯时得配着红牛提神；见过不知天高地厚的少年犯，谈到案件细节时竟然还在微笑……但赵振阳给我留下了另一种深刻的印象：那场审讯过程中压抑不住的愤怒，我到现在都忘不了。

赵振阳坐在审讯椅里，城乡青年的长刘海遮掩着双眼，他低头抠着指甲缝，把一撮污垢挖出来弹走。我举起林菁照片让他辨认，他揭开眼皮，忽然就笑了。

“她是我女人。”

这是赵振阳的开场白。

“十月十四日晚上，你在哪儿？”

这是我循例的开场白。

赵振阳嗤笑一声，耸了耸肩道：“我晓得你想问什么。”

“知道就好，”我搁下林菁照片抱起胳膊，“现场提取的指纹和你相符，被害人身上残留的唾液我们也做了 DNA 比对。这是个铁案，你跑不了，该说什么自己清楚。”

赵振阳没接我的话，而是用另一个话题开了头：“你不觉得死在我手里头，对她来说才是最好的吗？是我让她不会变成婊子。”

他不断调整着坐姿，视线却死死钉在照片上：“她是我见过最漂亮、最清纯的女人，从她在微博上发照片的时候，我就喜欢她。其他女人只会卖弄风骚，只要是个男的就能搞暧昧，只有她干干净净，跟那些女人都不一样。”

对于林菁，赵振阳怀着怪异的爱慕，甚至让我起了一身鸡皮疙瘩。他仔细描述着林菁在微博上的一言一行：什么时候换了签名、哪天的自拍俏皮可爱、哪天显得心事重重、七夕分享的歌词是什么含义、收到礼物时有多开心……她对林菁生活的关注事无巨细，连她标点符号的使用习惯都讲得头头是道。

“她是我的女神，我每天都在想她，想和她聊天，想给她送巧克力……”赵振阳痴迷地看着林菁的照片，突然话锋一转，“但是七月十五号，我记得很清楚，她突然不见了，怎么搜都搜不到。她不用微博了，居然没有跟我说一声？我花了半个多月，想尽了办法才终于找到她。但那时候，她变了。”

赵振阳抬眼问我，知不知道绝望的感觉，我说：“你他妈老实交代，别扯东扯西。”

“她变了，变得和其他女人一样物质，不光要礼物，还要买花打榜，不管什么人，只要给她钱，她就会跟人聊天。我不想让她喊其他男人老公，她说她要和谁 pk，我一晚上就能花三万块！我天天给她送礼物、发红包，她开口要什么，我砸锅卖铁都给她买。二十八万……我在她身上花了二十八万，我所有的钱，我老头的养老钱，我奶的救命钱……就为了不让她变成鸡！”

“从女神堕落成荡妇”，赵振阳找到了羞辱林菁的理由，既然她能为了钱跟男人睡，为什么不能跟他睡？他觉得，自己花了足够多的钱，投入了足够多的感情，完全有资格占有一个已经变得肮脏廉价、不再圣洁的女人。

“我把我所有的钱都给她了，她还嫌不够，还要找其他男人要钱，那我算什么？我给她花了二十八万！她拿着我的钱到处玩，还跑去国外玩，却不愿意跟我在一起？我实在想不通……我要找她问清楚。”

我尽量耐着性子问：“你怎么知道她住哪儿？”

赵振阳笑了，视线飘忽不定，似乎又回到了林菁还是女神的时候。

“很简单，有一次，她在一家高级酒店吃自助餐，发了很多照片，那家酒店我查过，只有这里有，我就晓得她在这儿。后来她去一个什么书友活动，说是活动地点离家很近，我就在手机上搜，只要晓得哪个书店办了活动，就晓得她大概住在哪儿。还有一次，她和自己种的花合照，花都在阳台上，我就看到对面那个商场的名字了，我就来找她。”

林菁怎么也想不到，自己不过是分享日常，却让不法分子钻了空。赵振阳窥探着她的生活，翻来覆去打量她的照片，竟然从蛛丝马迹中锁定了她的位置。但是林菁根本不知道赵振阳的存在，又怎么可能给他说法。

赵振阳第一次在水岸花都小区不远的地方蹲到林菁时，她着实被吓了一跳。林菁当即否认自己认识赵振阳，更没拿过他什么钱，请他不要骚扰自己，否则就要报警。赵振阳交代，他当时就想动手，但小区门口人来人往，他没敢。

“我不懂，她变了，不晓得为了钱和多少男人睡过，但是我还愿意要她啊，她居然装成不认识我？”

赵振阳难以置信，回到旅店后越想越气，便将林菁的照片发在论坛上请网友帮忙定位，谎称女友绿了自己，现在和另一个男人同居，还用自己的钱养小白脸。

网友顿时义愤填膺，这个说：“兄弟你是不是傻，你女神就是拿你当提款机，你还当提款机当上瘾了？”那个说：“我是女的，不要怪我说话难听，这女生就是典型的绿茶，你只是她的备胎而已。她这边和你卿卿我我，那边就和她喜欢的男生说你骚扰她，到最后你还成了她口中的人渣。”更有甚者直接开骂：“玩玩行了，钱都不用花。就是婊子一个。”“天啊，这女的也太恶心了吧！”“劈腿的都是王八蛋，玩弄别人感情的都该死。”“女生真不要脸，怎么能心安理得花别人的钱！”……

一时间群情激奋，网友心疼赵振阳这个“老实人”“傻小子”，以正义为名，很快就帮他确认了林菁的具体位置。案发当天，他带着刀子按响门铃，林菁或许认为外卖到了，没看猫眼就开了门。

“她看到是我就要关门，我掰开门挤进去，拿刀指着她，问她是不是一定要当个婊子。她非说不认识我，还说要报警。她怎么敢报警？我给了她二十八万！”说到激动处，赵振阳将桌板砸得砰砰直响。

我实在没忍住，一巴掌拍响桌面，指着他吼：“老实点，逞什么凶，交代事实！”

赵振阳怒目瞪着我，终于拿手背搓了搓鼻子：“我太生气了，就给了她几刀。我说我可以给她钱，是她叫得太响了，我怕隔壁听见，就在她脖子上划了一刀。我刚脱裤子，门铃就响了，她的手机也响了，我觉得是隔壁听见了，就没动。等门铃不响了，我就把外套脱了，擦干净手摸出去。门口放了份外卖，我就也一起提走了。为了找她，我的钱都花光了，没钱吃饭。”

我问他：“被害人的手机和钱包你没动过？”

赵振阳摇摇头，表情竟然有些错愕：“我要的是她的人，不是她的钱。”

我用力咬住牙，尽量控制住情绪，问了最后一个问题：“为什么拿刺猬？”

赵振阳低下头，扑哧一声就笑了：“她喜欢，照片里都是那个玩具，去外国玩的时候也有，我就拿走了，上面有她的味道。”

话不用说透，我已经意识到，为什么找回来的刺猬玩偶肚子上残留着很多不明斑痕。赵振阳被老何带出审讯室时，我挤开记录员，背着监控照准那张脸抡出一拳，打断了两颗牙，关节上嵌下两道口子。老何手忙脚乱拦腰把我抱开，借体重把我按在墙上，让我冷静点。

我窝了一肚子火，冲着满脸是血、滚在地上哀鸣的畜生吼道：“别他妈替自己开脱了，什么变得物质拜金、人尽可夫？你只是找了个可以践踏她的理由，自己是阴沟里的老鼠，就把所有人当垃圾，还他妈疯错了地方！我告诉你，那姑娘什么都不欠你，你欠她条命！”

即使张美娟没有借林菁的照片捞金，赵振阳也能找到其他借口，把林菁踩进泥里，来迎合自己可怜的自尊心和可笑的占有欲。

火是发够了，因为殴打嫌疑人至轻伤二级，我连累老何一起在副支队长办公室挨了训。反省期里，我翻看着林菁的朋友圈，看着她举高手机，凑在花蕾旁嘟嘴自拍，身后擦得明亮干净的窗户外，是高挂着霓虹灯牌的商业区。

我问师父，这算怎么回事。一个女孩儿，被一个面都没见过的女人偷走了生活，又被一个自认为有权掌控她人生的人渣夺走了性命。如果没有书友群，她跟张美娟永远不会认识，如果没有张美娟，她跟赵振阳不会有任何交集。而如今水落石出，即便张美娟和赵振阳受到法律的制裁，她也没法活过来。

林菁唯一的“过错”是不够警惕，在网络上公布个人隐私，意外将自己暴露在了危险之中。她能自保的办法，是打从一开始，就敏锐地意识到什么该发、什么不该发。可这样的要求，对一个热爱生活的姑娘而言，是不是太过苛刻？我找不到答案，甚至不知道九泉之下的她能不能瞑目。

师父把白板上林菁的照片揭下来，不知是说给我听，还是说给自己听：“刑警的工作天然具有滞后性，所以才不能遗漏任何细节，不能放弃任何线索，一星期、一个月、一年……只要案子没破，就得查下去，才能给被害者讨回公道。”

“可对林菁而言，这种公道，还有意义吗？”

师父回头，我们四目相对，两双血丝密布的眼睛一眨不眨。

他说：“有。永远都有。”

就用这双眼睛凝视深渊，盯紧黑暗里的每一个疑点，盯死沟渠里的每一个嫌疑人，替被害者对抗人性之恶，还他们最后的公道。

02

十三年追凶

我今年26岁，手有余钱；没正式谈过一个男朋友，但床无余闲。有人说，我这样的女人，仗着有几分姿色，把围在身边的男人耍得团团转。我听过各式各样对我的形容，委婉的，肮脏的，但没有一个切题。大部分女人都想要男人用钱为她铺出一条恋爱的光明大道，我不需要。从日本回国后，我周旋在两个男人中间，不为钱，不为名，不为利。我的要求其实不高，只希望他们都能全心全意地爱我。爱到肯为我去死。

六月二十一日晚，我接到宋飞洲的电话时，正衣衫不整地倚在沙发上抽烟，地板上摊着碎裂的酒杯，和一件被撕破的针织上衣。

“飞洲，你别这样，”我活动着扭伤的手腕，“你是不是喝多了？”

“没有——我想不通，他凭什么？他算个球！”

电话那头情绪高亢，掺着明显的酒劲。

我叹出口气：“凭什么？你还不明白吗，蔡伟比你强多了，他说你就是个废物，我现在真的很后悔跟你在一起过……你保护不了我，你连把我从他手里抢回来都办不到。”

“他比我强？！我倒要让他看看谁是废物！”

“你别去找他，好吗？我不想你们打起来。”

“你，嗝……你是不是看不起我？”电话里一阵“乒乒乒乒”的动静，夹杂着男人的怒吼，“我现在就去找那杂碎！看我弄不死他！”

我捂着嘴抽泣：“求你了……别去找他，你别赤手空拳地跟他动手，你不行的！”我适时地抬高声调，“如果你输了，他就会来找我，他会杀了我……求你了！”

“闭嘴！我他妈会解决！”电话陡然掐断，我夹着烧去大半的香烟，翻了个白眼。我知道，他一定会去“解决问题”，带着被兄弟戴绿帽的愤怒，和一文不值的所谓男人的尊严。世事向来如此，如果有两条路，一条是康庄大道，一条却荆棘丛生，只需要在那条险路的起点插一块牌子，写上“世界的主宰”，男人就会趋之若鹜，并往往自作聪明地断定“那条平路不过是表面安全，实则更加凶险”，来为自己的愚蠢自圆其说。

第二天，两个便衣警察找上了门。年纪稍大的三十四五，头发蓬乱，眼窝深陷，只一对眼睛黑亮深邃，像是能从人皮直看进人心。年轻警察二十来岁，看上去干练精神，打进门起就不断观察环境，活像个移动雷达。

我泡好两杯普洱，不顾他们劝阻地备了茶点，才在单人沙发上敛裙坐下，就听年轻警察开口：“庞女士，我叫袁政，之前和你在电话里沟通过。这位是市局一大队的杨副队长。我们这次来，想向你了解一些宋飞洲和蔡伟的情况。”

我的视线在杨队和袁政间游移几秒，问了更该关心的问题：“他们……怎么样了？”

袁政看了眼杨队，后者点点头，他才接话道：“很遗憾，宋飞洲送医后抢救无效身亡。蔡伟目前生命体征平稳，还在观察。”

我皱眉低下头：“你们要问什么就问吧，我一定配合。”

袁政问我：“事情发生前，宋飞洲是不是和你通过电话？”

我点点头：“是。”

“他说了什么？”

“他说……他会把事情处理好。”

“事情指什么？”

问到关键，我不得不抬头，却正巧和杨队四目相对。那双黑如陈墨的眼睛一眨不眨，看得人心头发紧。

我没控制住，眼泪滚出眼眶：“我、我没想过会变成这样，我以为他只是找蔡伟聊聊……”

袁政推过抽纸，安抚道：“你别紧张，把情况说清楚。”

我仓促揩去眼泪，定了会儿神才接上话头：“他们……我是说宋飞洲和蔡伟，两人都在追我。月底是我生日，宋飞洲筹办了一场生日宴，我知道他想当众表白，我必须在那之前跟他说清楚。事情发生前，我约了他，我没想过会……”

“你拒绝了宋飞洲？”

我点点头，袁政接着问：“能说说你们三个人之间的关系吗？”

“我和宋飞洲是在一场酒局上认识的，那时候我刚回国，身边朋友不多，去夜店玩也是想扩大交际圈。宋飞洲是朋友带来的，他个性很张扬，酒局上一直是全场焦点。一来二去熟悉起来后，我们就互换了联系方式。比起躁动的宋飞洲，蔡伟话不多，我们第一次见面是在一个新锐画家的个人展上。我在日本学的是艺术，有逛画展的习惯。那次画展有一幅作品，风格明显是模仿雷内·马格利特，我和蔡伟都觉得很奇怪，聊得热切，就成了朋友。后来，宋飞洲和蔡伟开始追我，但我都没有答应，所以……我也不知道我们现在算什么关系。”

袁政小心地组织着措辞：“这么问可能有点冒犯——你和他们都保持着暧昧关系？”

“你是想说我把他们当成备胎吗？”

他挠了挠鼻梁，没接话。

我坦然道：“我把他们当朋友。我不能左右谁的感情，也不想失去朋友。”

他皱起眉头：“既然谁都没接受，宋飞洲去找蔡伟解决什么？”

我咬了咬下唇，绞动的两手无意搓高袖管，让两个警察看见腕上的一圈淤青：“我、我告诉他我和蔡伟在一起了。宋飞洲有时候很偏激，我们谈得不愉快，他想、想那个我……我太害怕了，就骗他说已经跟蔡伟发生过……我不能背叛蔡伟，他和蔡伟是兄弟，他也不应该背叛兄弟。宋飞洲可能一时想不通，我不知道、对不起……对不起……”

情绪失控让我浑身发抖，我把脸埋进掌心，痛哭出声。

事情的发展不难想象。昨晚离开我家后，怒火中烧的宋飞洲喝了很多酒，给我打电话时已经异常亢奋。我在电话中的劝告，击溃了他最后一点的理智。当晚九时许，宋飞洲持刀找上蔡伟，两人在蔡伟所住的浅水湾小区地下停车场发生口角，继而上升到缠斗。蔡伟意外撞破后脑，慌乱下夺走凶器，失手割断了宋飞洲的咽喉。由于物业有定时检查监控的规定，所以案发刚过半小时就将两人送去了医院。宋飞洲不治身亡，蔡伟重伤昏迷，而这一切，都是因为我。送两个警察离开时，我哭得几乎缺氧。

杨队立在门口，直视着我说："你对宋飞洲没有好感？"

我没明白他的意思，一时愣在当场。他继续道："你一直想告诉我们，宋飞洲冲动、易怒、不可控、有暴力倾向。你真的把他当朋友？"

几秒的沉默后，我摇了摇头："人无完人啊。"

等两个警察消失在电梯间，我才关上门，转入书房。房间里一片漆黑，厚重的窗帘将阳光阻隔得严严实实。我打开吸顶灯，温黄光芒倾泻而下，照亮了挂在墙上的白板。白板上钉着四个男人的照片，最左侧照片用红笔画了个叉，中间两张依次是宋飞洲、蔡伟，照片周围贴满了各色纸条，纸条上清楚地标记着每个人的身份信息、性格特点、喜好、软肋……我抹去残留的泪痕，点上一根香烟。

"可惜了。"火星闪烁，我将烟头戳在宋飞洲的脸上，烧出一枚焦洞，"你的好兄弟没能陪你上路。不过没关系，他也快了。"

我叫庞念茹，宋飞洲第一次听到我的名字时，他搜刮了他贫瘠大脑中所有的溢美之词，油腔滑调地将我夸赞了一番。但他不知道，我憎恨这个名字，更憎恨这个男人：和他觥筹交错的时候，接受他的邀请看电影的时候，依偎在他怀里暗示蔡伟频繁骚扰我的时候，和他在沙发、阳台、浴室、厨房亲密互动的时候，嗔怪他不像个男人不懂得保护自己女人的时候，在案发当晚的争吵中嘲笑他被自己兄弟戴绿帽的时候，以及撺掇蔡伟苦练搏击增强男子汉气概的时候……我都被强烈的呕吐欲攥紧了胃部。

每当这些时候，我就会无比渴望找回自己最初的名字——姗姗——即使没有姓氏。但还不行，时机还没到。

6.21 案件一周后，蔡伟因并发症抢救无效死亡，当值的陈医生虽然及时通知了家属和警方，却仍然卷入医疗事故调查。袁政似乎很担心我的精神状态，在电话中通知我这个消息时，可以听出他措辞十分委婉，并重申这一切不是我的错。我无所谓他怎么想，一边假装啜泣，一边用笔在蔡伟的照片上画上红叉。

我和袁政的接触仅限于此，没想到的是，杨队会再次找上门。宋飞洲和蔡伟的死为一段三角恋画上了完美的句号，一个月后，我换上雪纺长裙，将棕色卷发扎高，用镶钻的蝴蝶项链衬出细长锁骨，提着一盒黑森林蛋糕来到中央商务区 C 座楼下。那天的日头很大，高楼的玻璃墙面反射着炫目的阳光，杨队蹲在灭烟筒旁，向我打了个招呼。

警察最招人恨的地方，就是往往在错误的时间，出现在错误的地点。杨队带我走进一间咖啡厅，在僻静的角落落座，点了杯拿铁。我什么也没点，抱着蛋糕等他开口。

“你还不知道我的名字吧。”这是杨队的开场白，“我叫杨锐。”

我没说话，他也不尴尬，继续道：“你好像不喜欢介绍自己的名字。”

我一时失笑：“你们不是有我的资料吗？”

“我在想，应该叫你庞小姐，还是‘姗姗’。”

我的手指痉挛了一下。杨锐显然没想等我回答，从夹克里摸出一叠资料：“6.21 案死亡的宋飞洲、因并发症抢救无效的蔡伟、去年四月在日本青梅市自杀的高家铭，和现在在中央商务区 C 座二十八楼远方基金管理有限公司做理财顾问的杜科，都曾卷入过同一个案件。十三年前，初一女生吴澜的尸体在一处废弃剧院被拾荒者发现，被害者生前遭受了非人的折磨。有人指证，高、宋、蔡、杜四人曾胁迫吴澜偏离大路并将其强行带至楼内。经调查，四人承认对吴澜进行过殴打、性侵，但否认杀人，法医鉴定显示……”

抽搐的手指将蛋糕盒掐出脆响，杨锐看了我一眼，结束了对案件细节的陈述：“吴澜是养女，原名露露，幼年在福利院度过，六岁被吴家收养。她有个双胞胎姐姐，叫姗姗，十岁离开福利院，现在的名字是——”

“庞念茹。”

我截下话头，看着自诩正义的男人露出微笑：“你还是叫我庞小姐吧。”

或许没料到我会认得这么干脆，杨锐一时没作声。我知道怎么对付这样的男人，他聪明、老练、敏锐、不按常理出牌，任何一场交锋，他都会划出最适合自己格斗的牢笼，将对手圈在其中。一旦跟着他的思路走，无论我的措辞多么谨慎、手段多么隐蔽，都有可能露出破绽。

“杨队长这些资料，是按流程查的吗？”

既然他想要对手，就得亮出他手里的牌。果然，我话音刚落，杨锐就笑了。6.21 早就结案，如果警方查到什么，绝不会由一个刑警私下找我。咖啡厅的情调民谣飘飘荡荡，我将蛋糕盒放下，勾过杨锐没动的咖啡杯，举起来呷了一口，口红在杯沿落下一道弧影。

“不如我来说吧，比资料还要详细。”

我斟酌着措辞，将主动权收进手里：“露露从小就大大咧咧的，像个男孩子。我小时候很内向，总会被大孩子欺负，她就会站出来跟他们打架，弄得自己一身伤，还要回头安慰哭得一塌糊涂的我。不是有种说法吗？其实离子宫更近的是姐姐，但顺产的时候，离子宫远的那个先出生，反而成了姐姐。比起动不动就哭，干什么都拖拖沓沓的我，露露的确更像姐姐。

“我们每天黏在一起，约好了永远不分开。是我不争气，六岁那年感染了伤寒，吴爸吴妈来看孩子的时候，只有露露在。他们带走了露露，很快搬到另一个城市生活。那段日子，我觉得自己像被劈开了似的，一半的我在福利院里哭闹绝食，另一半被撕得粉碎。十岁那年，我遇到了姓庞的，他的精子没有活力，生不出孩子，就把我领走了，又给我改了名字，庞念茹。

“杨队，人人都说‘天下没有不爱子女的父母’，这话你同意吗？我不同意。那对夫妻根本不配当父母，生不出孩子这件事让他们都成了变态，姓庞的只要沾酒就打人，打完老婆便打我，他老婆挨了打不反抗，反倒也来打我，边打边骂我是个扫把星，是我抢走了他们孩子的名额。这种地狱一样的日子持续了三年，那年冬天我被打得头破血流，跑去敲邻居的门求救——但没一个人开门。他们都知道姓庞的撒起酒疯有多可怕，更可笑的是，有一个阿姨竟然隔着门跟我说‘乖乖，去跟你爸道个歉就好了’……”

我用食指摩擦着咖啡杯沿，笑出了声：“那时候我就知道，没人能帮我，除了露露。我揣上所有零花钱，跑到她所在的城市，也就是这儿……我以为我能找到妹妹，找到我被撕碎的另一半。但我找到的，是她的死讯。”

杨锐没说话。我看着他，攥紧了杯把，几乎是咬牙切齿才能说出后话：“对，法医鉴定显示，在他们四个离开的时候，露露还活着。当然了，露露死于断裂的肋骨扎破内脏，她无法呼吸，说不出话，即使他们给她留了手机，她也没办法报警，只能费力地试图爬出那栋肮脏的老楼。她死的时候才 13 岁，他们犯下这些罪行的时候，也才 13 岁……她的养母告诉我，法官竟然宣称他们还有大好前程，也并非主观恶意导致露露的死亡——法律保护了罪犯，牺牲了我妹妹。”

眼泪砸进咖啡杯，我抬手抹过脸颊：“正义没有保护我，也没有保护露露，我只能自己保护自己。我能怎么办呢？我才 13 岁，口袋里只剩几十块钱，我还得活下去。我回到了姓庞的身边，等啊，等啊，等到我可以养活自己。可能是老天开眼吧，你知道的，胰岛素这个东西得按时打，姓庞的忘了，发病的时候他在绕城高速上，前面恰巧是一辆装满钢筋的货车，连带他那个百依百顺的老婆，一起没了。我继承了一笔财产，终于可以养活我自己。换作是你，你会做什么？我选择离开这个伤心地，去日本留学。”

在日本，我花了两年找到高家铭，又用了足够长的时间，从商业到人际圈全面击垮了他的自信。在适当的时候，一针麻醉剂、一封电脑里伪造的遗书、四道试探性伤口、一把只有他指纹的水果刀和浴缸里放满的温水，就能让一个男人合理地“自杀”身亡。在没有实行法医制度的青梅市，高家铭的死天衣无缝。

杨锐的视线仍然那么锐利，却越来越像抓不住猎物的鹰。

“学业结束回国，我又来到这个城市，只是想再看看露露，没有别的意思。毕竟未成年罪犯的信息不会公开，我根本不知道杀害我妹妹的人是谁。谁又能想到，我会碰巧遇见宋飞洲和蔡伟呢？”

我说得真挚，杨锐迟疑几秒，没头没脑地冒了一句：“我是想帮你。”

“帮？”我笑了，“杨队长，我真正需要警察的时候，你在哪儿？我妹妹需要警察的时候，你又在哪儿？”

提起蛋糕，我将咖啡杯推回杨锐跟前，转身要走，却听他叹了口气：“坏人怎么都抓不完，而好人还在犯错。”

我没再理他，径直出了咖啡厅。我知道，杨锐盯上我了，我也知道，他没有证据。离开咖啡厅后，我如约去找了杜科，以现任女友的身份。那天是他生日，我们吃了晚餐、看了电影、共浴、做爱。唯一不同的是——我暂停了计划，将下了药的蛋糕冲进马桶。我不知道杨锐想查到什么程度，但在他怀疑我的当天对杜科下手，等于坐实了我的复仇。我需要更精妙的计划，以及让杜科生不如死的折磨。狼群需要头狼，百鬼也需要魔头。杜科就是那个魔头。

九月末，两桩特大盗窃案让刑警队忙得团团转，杨锐彻底从我的世界消失，我等来了最好的机会。那天，我以恋爱百日纪念为由去了杜科家，做上一桌烛光晚餐，在杜科的酒杯里放入足量安眠药。药效发作得比预想快，杜科去了趟卫生间回来，脚步已经有些虚浮，他疲惫地撑住前额，嘀咕自己喝多了。我切着牛排，调笑杜科是不是想早点上床。

“哈……好像真的有点喝多了，”他摘下眼镜，向我伸出手，“小茹，扶我一把。”

体面的理财顾问对任何女人都有支使权，我不得不放下餐刀，起身搀他上沙发。但杜科突然暴起，抄起红酒瓶掼上我的头！巨大的冲力伴随着飞溅的酒水让我摔倒在地，被玻璃刺开的头皮一片冰凉，鲜血沿着额头往下淌。我头晕目眩，没等反应过来，肚子就挨了杜科一脚。

“婊子，真以为我不知道你在厨房干了些什么？”

我痛苦地蜷缩着，杜科穿着拖鞋重重踩上我的头。我听见颅骨和地面碰撞的闷响，随即两耳嗡鸣。他抓起我的头发，那张在客户面前彬彬有礼的脸此刻爬满了狞笑。我下意识挣扎，抓住他的手问他发什么疯。

“我发什么疯？”杜科给了我一耳光，用力掐着我的下巴，“应该是我问你发什么疯！宋飞洲和蔡伟出事的时候我就觉得不对劲，你这娘儿们挺狠啊，蔡伟那种童子鸡搞到手不算本事，连宋飞洲都能为了你要死要活？我们几个这么多年都没联系过，要不是你，我都不知道宋飞洲和蔡伟还有来往，一群傻蛋……他们不记得，但你这张脸我可忘不了，跟吴澜那小贱人长得太像了！”

“杜科，你疯了，我不明白你在说什么……好痛，你放开我好不好……”

“痛？”

杜科笑了，几个耳光甩在我脸上。我感觉脸颊火烧火燎的疼，嘴角可能裂开了口子，哭叫时仿佛在剥皮撕肉。我不敢乱动，只能呜咽着求杜科松手。成年男人的体能强出我太多，我的挣扎对他而言毫无威胁。他掐上我的脖子，看我在地板上胡乱蹬腿：“还给我下药？告诉你，我他妈全吐了！”

“杜科，咳、咳……你松手……”我用力拍打他的胳膊，慌乱间抓出几道血印，这下他更加失去理智，手上力道越来越大。我感觉头痛欲裂，眼泪和来不及吞咽的唾液糊了满脸，只得徒劳地向他伸出手，想划伤他的眼睛。

就在这时，杜科松手了。不是因为良心发现，而是有人从后用毛巾闷住了他的口鼻。他惊恐万状，却因跪在地上而难以发力。我双手护着脖子猛烈咳嗽，看着杜科挣扎的幅度越来越小，直到软倒在地。来人又捂了两分钟，才将倒满七氟烷的毛巾移开，伸手想来扶我。

我打开那只手，撑起身抹去脸上的血：“做事吧。”

高大的男人僵了僵，最终只是点头，开始按计划行事。他是陈永泉，蔡伟并发症发作当天的值班医生，也是我和露露的生父。

二十六年前，还是医科大高才生的陈永泉意外令一个打工妹受孕。为了深造名额，他交给打工妹一笔钱让她堕胎，随即切断了两人的一切联系。面对恋人的离弃，打工妹究竟怀着什么样的心情坚持产子，已经无从得知，她在厂房宿舍生下一对双胞胎后，因羊水栓塞死亡。打工妹孑然一身，双胞胎便被福利院收养，取名姗姗、露露。

解决高家铭后，我找到了陈永泉。那时他刚刚离婚，事业也陷入低谷，捧着露露的照片痛哭流涕，不断抽自己耳光，懊恼得仿佛当年抛妻弃子的不是他。

“是你把我们害成这样的，你脱不了干系！”

我唯一意外的是，只用了这一句话，就将陈永泉拉进了计划。

和杜科恋爱百天的那个夜晚，我用含氧化剂的清洁用品擦拭着地板上的血迹，收拾破碎的酒瓶和红酒，用杜科的手机定了凌晨出国的飞机票，在朋友圈以他的口吻发布即将出国旅游的动态。做完准备工作，我用长发遮掩着脸上的伤，乘电梯离开。

二十分钟后，陈永泉换上杜科的衣服，提着行李箱乘电梯抵达停车场，开走杜科的车，临停在附近小巷中，在监控中留下“杜科离开小区”的假象。随后，陈永泉换上保洁制服，推着垃圾桶回到杜科家，将他装进桶内第二次来到停车场，把杜科装到陈自己的车上，带到我们约好的地方。那是一座废弃的剧院，十三年前，杜科领着他的好兄弟，在这儿侵犯并害死了露露。

杜科被牢牢地绑在观众席的一把座椅上，他醒来的时候，陈永泉已经替我包扎好了伤口。我抽着烟，望着天花板上裂缝中漆黑的夜空出神。

“臭婊子……庞念茹！你要干什么？！放开我……他妈的！”

我呼出一口白烟，看着挣扎的杜科开口：“还记得这儿吗？”

“记得个屁！放开我！”

杜科像牢笼里的困兽，竭尽所能地咆哮，回音撞击着空旷剧院的四壁。我掐灭香烟，将烟蒂装进口袋以免落在现场，又摸出一把剪刀：“别叫了，你也清楚，这里不会有人来。13 年了，市政建设竟然还没拆掉这里。你说，这算不算老天开眼，为你特意搭好了舞台？”

“你想干什么……庞念茹，你疯了，放开我！我可以当这事没发生过！”

我被杜科逗笑了，握着剪刀走到他身后。杜科还在挣扎，但焊死在地上的座椅让他无处可逃。我按住杜科额头，强迫他仰头面向我，刀尖在眼角来回晃动。

“露露——不对，应该用你更熟悉的名字——吴澜当时是不是也让你们放开她？”

杜科浑身发抖，眼球跟着剪刀来回转：“你、你冷静点，小茹……小茹你别这样，那已经是十几年前的事了，我没想过她会死！”

谁能想到呢？我也没想过，我的妹妹会以那样的方式丧命。剪刀几乎扎进杜科眼球，他恐惧地歪着脑袋，极尽所能避开刀尖。我停下动作，居高临下地看着满头大汗的男人。

“告诉我，当年到底发生了什么。”

“发生、发……”杜科咽了口唾沫，“我、我只是想让吴澜做我女朋友，她很漂亮……跟你一样漂亮——对，我追她，但她没答应，还说有喜欢的人了。我就叫了几个哥们儿，想跟她聊聊。我没想伤害她……是她不对！她骂我是小流氓，推开我要跑，差点让我从楼梯上摔下去！”

“是宋飞洲……对，宋飞洲说我们得教训教训她。他先动的手，他拿棍子打吴澜，高家铭和蔡伟也打了，我没有，我没动手，我劝他们放了吴澜，我也被宋飞洲打了！小茹，我真的不知道她会死，我想救她的，你相信我，是宋飞洲他们下手太狠了！”

“是吗？”我笑出声，“都说人之将死其言也善，高家铭临死前告诉我，是你先动的手，是你强奸了吴澜，还用烟头烫她，用棍子捅她。”

“不！他妈的高家铭……他想诬赖我！全都是他干的！”为了脱身，杜科已经慌不择路，开始逮谁咬谁，“你相信我，是、是宋飞洲最先动的手，还有高家铭那个混蛋，他干了那些脏事儿，还有蔡伟……蔡伟也强奸了吴澜，我没有，我一直在劝他们，但我只有一个人，我没办法按住他们三个。”

“既然你想救她，为什么不报警，不叫救护车？”

“我……我、我想过，但他们三个一直威胁我不许报警，还摔了我的手机！”

我看着那张竭力表现出真诚的脸，只觉得一阵反胃。露露的养母哭着告诉我，尸检结果显示，露露被人用棍棒长时间殴打，胳膊、背部和大腿的皮下组织几乎粥化，额头、胸口和腿根留有一片烟头烫过的疤痕，私密处更是血肉模糊。即使肺部没有被断骨扎穿，如果得不到妥善救治，也是难以生还。

杜科颤抖着："我说的都是真的，小茹，我没有伤害吴澜，或许……或许有一点，但我真的不知道她会死。求求你，放我走吧。"

我咬紧下唇，满耳是露露临死的哀号，眼泪在眼眶打转："吴澜是不是也求过你？你们那时怎么对她？"

当年，高家铭、宋飞洲、蔡伟都是杜科的小弟，没有"大哥"发话，他们不可能敢动大哥的女人。打从一开始，杜科就想折磨露露，才会把她带到这里。求爱不成，加上露露的蔑视，让向来呼风唤雨的杜科丢了脸面，恼羞成怒的他想用恐惧让露露臣服。而侵犯一旦开始，想要停下几乎不可能。一个十三岁的孩子，就这么被一群十三岁的恶魔，抹杀在花季之中。

我不想当着杜科哭，我该高兴才对。

十三年，我忍了十三年。为了得到一笔足够出国的遗产，为了找机会替换无效的胰岛素，我容忍着姓庞的和他老婆持续不断的侮辱、打骂；为了开启复仇计划，我苦学日语，进入高家铭所在的企业端茶倒水；为了让宋飞洲和蔡伟自相残杀，我用尽浑身解数扮演风情女郎……现在，我终于走到了计划的尽头，让杜科在露露殒命的地方忏悔求饶。

我本应当高兴——可眼泪却不争气地往外滚，我用手背去抹，在视网膜上抹出一片红黄相间的光斑。

"为什么……像你这样满口谎言、卑鄙无耻的人渣可以活到现在，可以名利双收？"我握紧剪刀，避开陈永泉告诉我的致命点，用力扎向杜科肩胛骨，"露露才十三岁，她才是那个有大好前程的人！却要死在你们这种畜生手里！”

杜科哀号着，两腿间竟涌出一股骚臭的液体。我的太阳穴在急跳，心脏泵出的血冲入大脑，让我几乎停不下动作。他的耳朵、手背、大腿外侧、胯骨……不致命却能带来痛楚的每一个地方，都被剪刀一一扎透。

剧痛让人无法理智地思考，杜科开始破口大骂：“……庞念茹，吴澜是个贱人，你也是贱人……你们姐妹都是婊子……呜呜……我他妈要杀了你……呜呜呜……”

听着杜科夹杂着号哭的惨叫，我突然感觉一直沉甸甸压在胸口的石头被击得粉碎，脑子里绷了十三年的弦也“铮”一声松开了。原来，再邪恶的畜生，也会痛哭流涕，面对死亡，他也能感受到露露承受过的痛苦和恐惧！

十三年了，我终于让这四个人渣都付出了应有的代价！我也终于能向被撕碎的另一半说一声，你可以瞑目了。

眼泪混着溅上脸的血滚进嘴里，腥得令人作呕，却让我忍住了抽噎：“你说得对，我是个婊子。”

国庆很快结束，出国旅游的杜科没能回到公司，也没人能联系上这位青年才俊。杜科家人在派出所报了失踪，案子落不到市局杨锐手里，办案民警找上门前，我已经烧尽了照片、纸条。半个月后，拾荒者在废弃剧院发现了杜科已被老鼠啃得面目全非的尸体。据说，尸体支离破碎，身上留有三十几处刀伤，生殖器遗失，无法判断是否是老鼠所为，死因则是大出血导致的休克。

警方根据监控找到陈永泉协助调查时，他利落地交代了掳走杜科并捅伤他的犯罪事实，声称杜科以蔡伟朋友的身份纠结医闹，直接导致他被调查。停职后，他心情非常糟糕，越想越气，绑架了杜科想给他点颜色看看，并强调在自己离开时，杜科仍然活着，他留下了手机让他自行报警，至于为什么现场并未找到手机，他也不得而知。

我拉着行李箱前往机场的路上，又看见了杨锐。他还是身穿那件破夹克，顶着一头乱发，站在马路对面的垃圾桶旁，手里掐着一截燃去大半的香烟。路上车水马龙，杨锐没有要走近的意思。我摘下太阳镜，向他点了点头，转身奔赴另一个城市，带着露露那一份，开启全新的生活。

03

『真』相是『假』

做了七年刑辩律师，我谈不上经多见广，也算看惯人间百态。我见过忍受家暴多年的妇女，每天在饭菜里下毒，几年如一日地照顾卧床不起的丈夫，享受着男人幡然悔悟的痛哭；也见过背了一身赌债的青年，假装绑架弟弟向父母要钱，却阴差阳错卷入真绑架案，害死了同胞兄弟。

如果一定要找一句话形容刑辩律师，我愿意引用尼采的名言："与怪物战斗的人，应当小心自己不要成为怪物。当你远远凝视深渊时，深渊也在凝视你。"刑庭在我面前打开了这道万丈深渊，我观摩着其中挣扎沉浮的人和事，也被复杂诡谲的人性反向窥探。时至今日，我仍然记得那个案子，它曾一度冲击了我对律师，尤其是刑辩律师这一职业的看法。

在某次会面时，当事人悲愤交加地问我："我最好的兄弟害死了我老母，我还在提携他、帮补他，这是不是以德报怨？他害死我老母的时候，没有付出丁点代价，现在警察说我杀了他，要一命偿一命。那谁来偿我老母的命，和我这些年的付出？"

那一刻，我只能想到一个词：造化弄人。

几年前，我刚在刑辩领域打出点名气，经同行介绍接了一个案子。委托人是被告的太太，那时正值春夏交替，她已有五个月身孕，体寒怕冷，穿着普拉达的印花帆布连衣裙，外罩黑色单排扣羊毛大衣，姣好的容貌略施粉黛，没蹬高跟鞋，身量也有一米六八，举手投足极具成熟女性的魅力。

“不管花多少钱，”在办公室，她绞紧带着钻戒的细长手指，显得有些紧张，“只要能帮我老公，我都可以给。”

我笑了笑，表示既然接受委托，必定全力以赴，还希望委托人先说明一下情况。

案子似乎并不复杂。委托人的丈夫叫姜大成，开了几家夜总会、酒吧，在江湖上还算小有名气。两个月前，姜大成夜总会的经理葛明亮所租住的出租屋发生燃气爆炸，波及周边邻居，致一人重伤三人轻伤。重伤者目前仍在医院接受治疗，而葛明亮本人也在爆炸中丧生。

经法医鉴定，葛明亮死于后脑遭受重击，在爆炸前已经死亡。爆炸发生两天后，姜大成投案自首，声称案发当天曾与葛明亮在出租屋内饮酒，两人因口角发生争执，姜大成用镐棒击打了葛明亮头部，随后逃离现场。据姜大成所言，他并不知道葛明亮当时已经死了，也不清楚为什么会发生爆炸。

鉴定结果显示，葛明亮后脑仅遭受过一次钝器击打。巧合的是，他头部留有旧伤，击打引发了连锁反应，导致颅骨破裂而亡。听起来是故意伤害致人死亡，但很奇怪，姜大成的起诉罪名却是——故意杀人。虽然都是行为故意导致被害人死亡，但两个罪名的判决却有很大差别。

“怎么会是故意杀人呢？”姜太太眼眶发红，“我想不通……我老公跟小葛关系很好，一直把他当弟弟看，只要有机会就让小葛上，不然他还不到三十岁，怎么能坐到经理的位子？就算那天他们吵了几句，我老公也是脾气上来了没控制住，他没道理杀人啊！”

假设姜太太所言不假，主观上姜大成没有杀死葛明亮的动机，爆炸发生时姜大成也不在现场。如果判死，别说姜家夫妇想不通，我也有点想不通。但姜太太不是当事人，也不是办案刑警，她只能提供部分信息。签下委托协议后，我查阅了卷宗，案情和姜太太所说出入不大。为了获取细节信息，我向关押姜大成的北郊看守所提交了会面申请。

第一次会见，姜大成就给我留下了深刻的印象。他年逾四十，方正脸，虽然穿着北看的黄马甲，但人还挺精神。按看守所规定，涉及杀人案的犯罪嫌疑人都会戴脚镣，别看姜大成走路“叮当”响，步子却迈得稳健。坐下时，他斜靠椅背叉开两腿，舒展双肩、抬起下巴，习惯性地给人一种“掌控全局”的气势，不像是摸爬滚打多年的企业家，倒更像叱咤风云的江湖大哥。

“你就是我老婆新请的那个崔律师吧？”果然，一开口他就赏了我个下马威，“有三十了吗？”

“三十二了。”

姜大成眯起两眼：“该讲的我都跟警察讲过了，你现在要做的不是来和我扯谈，是想办法让我出去。”

树立威信、把握主动权——这种举止在自认为老辣的社会人身上很常见。

我点头表示对其意见的接纳，正色道:“姜先生，你现在被指控故意杀人。根据刑法，最高可判处死刑。而你的案子涉及爆炸，造成无辜群众伤亡，基本上不可能获得保释。作为你的辩护律师，我需要了解案发当天的更多细节，才能找到替你辩护的切入点。如果你仍然认为我们的会面没有价值，那我只能理解为——你接受起诉罪名。”

“我不接受！”

“死刑”二字突破了姜大成的安全防线，他急切地反驳:“我根本没想过杀小葛，凭什么说我故意杀人？你是我的律师，你不能让他们这么冤枉我！”

姜大成愿意把我和他的命运捆绑在一起，我也不再跟他拿法条说事:“这就是我来的意义：保障你的合法权益。可以告诉我案发当天的情况吗？我们只有信息共享，才能找到突破口。”

他盯着我看了一阵，最终垂下了头:“哎……其实事情也就那样。”

案发当天，葛明亮认筹了一套小居室，三年后提房。为了庆祝，他托人从老家捎了二十斤土猪肉，邀请姜大成到家里喝酒，感谢大哥这些年的照顾。时值冬季，葛明亮的出租屋关门闭户，没有装空调，用了一种叫“小太阳”的电暖炉取暖。两人干了半瓶白酒，都有点上头。葛明亮向姜大成开口预支薪水，换作以往，姜大成会爽快答应，但近两个月葛明亮迷上赌博，钱花得很快，还欠了不少外债。

“都是有钱闹的。”提到这事，姜大成有些恨铁不成钢，“小葛以前办事很靠谱，店里头三教九流的人多，他都吃得开。其实他每个月赚不少了，虽说没大几万吧，但在这三线小城市也够用。口袋里钱一多，也不晓得谁给他领的路，竟然去一些不见光的地方玩牌。你说那玩意儿，都是给人下套等着人钻，谁碰上不被扒层皮？他问我要钱，肯定又是去赌，我怎么可能同意？这就吵起来了。”

两人酒劲上头，姜大成骂葛明亮兜里揣两个钢镚就充大款，要不是自己照顾，他哪有这么多钱赚。葛明亮是个壮后生，让人这么数落，面子上挂不住，嘴里也开始不干不净。口角升温，难免演变成肢体冲突。场子里为了避免客人醉酒闹事，给打手备了不少家伙，其中有几根镐棒。或许是为了防身，或许有其他用处，总之葛明亮带了一根回家。两人吵起来后，姜大成摸过墙角的镐棒，顺手抡了葛明亮一下，直接把他打倒在地。

说到这，姜大成用力揉了把脸：“你说就一棒子的事，怎么可能是想杀人？街头小年轻打架都动砍刀了。”

看葛明亮头破血流地倒在地上，姜大成的酒也醒了。人一害怕，第一反应便是掩盖自己的罪行。为了不让人看见葛明亮倒在客厅，姜大成逃离的时候，顺手把门给关上了。但他没想到，葛明亮在厨房炖着猪肉。他离开后，汤汁外溢扑灭明火，导致燃气泄漏，累积到一定量，竟然被小太阳点爆了。

想起当时的情况，姜大成心有余悸，“那时候我不晓得小葛死了，跑了以后心想不行啊，万一小葛醒不过来，又没人搭把手送医院，失血过多怎么办？我就返回去了，还打了 120，但我没想到会发生爆炸……这谁想得到？刑警队那个、那个姓袁的小警察，说什么我不仅杀了人，还造成了严重的社会危害，犯了大事。这罪名搁你头上，你认吗？”

换位思考，我理解他的想法，但还有几个问题需要确认：“葛明亮后脑有旧伤，是五年前与人斗殴留下的，这点你知道吗？”

“晓得。我和小葛是三年前认识的，那时候他刚蹲完号子，没工作，就在我场子里干点杂活。有次大伙儿坐一块儿喝酒，他说过后脑有个旧伤，是坐牢前和人打架留下的，我没当回事。我后腰上还有两块刀疤呢。干这行，难免有点旧伤。”

“葛明亮是后脑遭受重击致死，也就是说他当时背对你，不像是想跟你动手。”

姜大成“啧”了一声，兴许看我表情严肃，他调整了一下姿势，用手背搓了搓鼻头：“我喝得上头，本来就情绪失控，随手捡了个东西，随手打了一棍，谁想到就打在他后脑勺上？万一他是刚好转身，也准备抄家伙干我呢？总不能因为我抢先了一步，就说我想杀他吧？”

提到这个问题，姜大成的情绪有些奇怪。他的不耐烦、抗拒情绪，以及他迫切的辩白，呈现出一种过分紧张的状态。但不只是他，任何人聊起曾经的过错，尤其是影响深远的过错，都有可能表现出攻击性。所以我没多想，点点头继续道：“还有一点，经过检验，客厅餐桌上没有猪肉，警方认为这表示你应该知道葛明亮当时在炖肉……”

“就算桌上没肉，我哪能想到他在炖？无非想到他说要请我吃什么老家的土猪肉，但其实根本没有嘛。”

我不能否认这个想法的合理性。整个案子怎么看都谈不上故意杀人，就是巧合凑巧合。而姜大成的行为，仅有过失伤人致死一项成立。

离开北看后，我摸准了辩护方向，又接到姜太太的电话，她已经拿出四十万，想赔付给葛明亮的家人。葛明亮出身农村，父亲残疾，母亲有精神病，拖着个上大学的妹妹，和遗传了精神病在家休养的弟弟。一家老小，就指着葛明亮赚钱养活。葛明亮死后，葛家断了经济来源，二老没有往返城市的路费，和姜太太沟通的重担就落在了还没踏入社会的妹妹葛明丽肩上。

我陪同姜太太预订了一家简餐店的卡座，等了二十多分钟，葛明丽才姗姗来迟。她上身穿一件靛青色休闲西装，下身一条紧身牛仔裤，脚穿一双白色网球鞋，在左胸位置别有一枚带钻的小鹿胸针——整套装束非常别扭，西装材料廉价，腋下甚至起了细小的绒球，但胸针价格不菲，却又愈发显得格格不入。我看得出来，她在竭力让自己显得成熟和有魄力，恐怕胸针还是从同学那儿借的，以应对有钱有势的姜太太。然而这样的举动，只能让她显得更青涩、稚拙。

果然，葛明丽坐下后，膝盖紧靠，两手并排放在了大腿上。这是一种想要努力控制紧张或恐惧情绪时的人体姿势，在法庭上，很多被告都曾表现出这样的状态。而我身旁的姜太太，斜倚在皮革沙发里，一手搭着扶手，一手端着咖啡杯，姿势开放且自信。由于仰着身，她与葛明丽拉开了足够的距离，翘起的二郎腿直指前方，明显没有将眼前的女学生放在平等的位置上。只消一眼，我就知道她们之前见过，并且谈得很不愉快，才会对对方全无好感。

当我开始做自我介绍时，姜太太转头打量起了窗外的风景。葛明丽似乎意识到自己处于下风，她将上半身前倾，手臂放上餐桌，呈现出适当的攻击性，双手却不断摩擦着玻璃杯和吸管。这是个敏感多疑的女孩儿，她抗拒这次会面，又不得不来。为了让她不那么压抑，我侧身靠近桌角，避免让自己正向暴露在她的视线范围内，同时规避直视造成的压迫感，以免增强她心理对峙的本能，并先传达了姜太太的歉意，才简要说明这次协商的目的，希望能为姜大成争取到葛家人的谅解书。

“谅解？”葛明丽停下掐捏吸管的动作，抬起头错愕地看着我，“他杀了我哥，我凭啥子谅解？”

姜太太抢过话头：“这是意外，谁也没想过会发生这种事。我们愿意出四十万作为赔偿，你考虑一下，这对你们家是很大一笔钱。”

“有钱就可以买命吗？”

眼见火药味变重，我不露痕迹地拍了拍姜太太肘侧，及时地接过话头：“当然不是这个意思。你哥哥这么努力赚钱，就是希望供你念完大学，让葛家扬眉吐气。这笔赔偿，能够帮助你完成你哥哥的心愿。”

提到哥哥，葛明丽显然有些动摇，但姜太太的社会地位，以及由此养成的处事习惯与她悬殊太大，给她造成了困扰乃至威胁，让她对姜太太抱有天然的敌意和反感。聊到最后，存了四十万的银行卡还是没能给出去。如果拿到谅解书，对姜大成会是很大的帮助。于是我说服姜太太将此事全权委托我处理，我花了一个多星期，才获得这个苦命女孩儿的信任。

葛明丽其实被葛明亮保护得很好，即使家境贫寒如此，她还是未经世事的模样，单纯、率真。只是她过不去兄长死亡这个坎，但也明白，如果家庭的重担完全落在自己肩上，她扛不起来。逝者已矣，只有真金白银，才能帮助家徒四壁的葛家。经过沟通，双方以六十八万赔偿达成协议。

最后一次会面，葛明丽带了一张和葛明亮的合影。照片里，两人站在大学门口，笑得格外灿烂。我很难形容看见照片时的心情，一条鲜活的生命，如今却凝结成一个单调冰冷的数字。我告诉葛明丽，没人能用钱买走另一个人的生命，这六十八万不是买命钱，是他们应得的补偿。

葛明丽低着头掉眼泪，说她觉得姜太太功利得像个机器，在我介入前，姜太太找过她几次，从二十万加价到三十万，只会说“人死了是意外，给这笔钱是出于人道主义”，全无人情味。听到这儿，我心里咯噔了一下，却没抓住那个一闪而过的念头。

和葛明丽分开时，小姑娘拉着我问了一句：“他真的不想杀我哥吗？”

我诧异于葛明丽的执着：“为什么你坚持认为姜大成有杀意？”

葛明丽扭捏一阵，才小声道：“我也不晓得，我哥出事前一天跟我提过，他说‘大成哥看来也干过那个活路’，我哥以前干过传销，我也不晓得是不是传销，反正是卖啥子保健品……我觉得他们很早就认识，哎呀……我也不晓得，就是觉得怪怪的。”

“这事你跟警察提过吗？”

葛明丽摇头：“没得……我不敢说，我哥以前做那个活路的时候，出了点事……”

说完，葛明丽可能也觉得跟我说这事儿不靠谱，又连连否认。我再追问，她便咬死不说了。突如其来的“保健品”让我有些恍惚，一时吃不准是察觉了问题所在，还是给无效信息带去了弯路。拿到谅解书时，我已经就辩护思路和姜大成会面多次，自认我们之间建立起了足够牢固的沟通桥梁，如今却突然得到了一个新线索，而这个线索背后，一定有着让人不寒而栗的隐情。

如果姜大成和葛明亮还有其他矛盾，那么他对背对自己的葛明亮动手，就很可能不是一时激愤。案卷中没有体现“保健品”的任何信息，一旦这个线索被警方掌握，作为新证据上庭，而我没有任何应对措施，会被打得措手不及。犹豫再三，我决定和姜大成见一次面。会面时，我旁敲侧击地问他有没有做过其他买卖。

姜大成感到很奇怪，但还是说了实话：“我以前做过保健品生意。”

“你和葛明亮是在那时候认识的吗？”

“不是。”姜大成否定得很快，“我和小葛认识的时候，已经转行了。”

“葛明亮好像知道你们之前干的是同一个行当。”

姜大成狐疑地看着我：“这和我的事有什么关系吗？”

我思索片刻，坦诚相待：“姜先生，我坦白说吧，有人怀疑你和葛明亮之间早有嫌隙。我不确定这个线索公诉人有没有掌握，如果确有其事，对你会非常不利。”

他迟疑了一阵，出于对我的信任，还是讲述了那段他本不愿再提的往事。

“那时候我才三十来岁，在外地做保健品生意，做得还算有声有色。应酬多了，人围着生意场转，顾不上家里，没照顾好老母。本来，我想等生意稳定了，接老母到身边住，我前妻死活不同意。老娘儿们自私，总觉得老母来了我就会亏待她，一哭二闹三上吊的事没少做。我拿她没办法，老母也不想给我添麻烦，就一直住在老家。也是我不好，除了过年，平时抽不出空回去……老母一个人对着四面墙……哎……”

姜大成抹了把脸，一个在社会上摸爬滚打多年的男人，提到老母亲时声音都在颤。

“六年前，我还在开讲座，突然接到社区电话，说老母……烧炭自杀……我领着老婆孩子赶回去，有什么用？人已经没了，家里堆着一箱箱保健品，卡里就剩三块二毛钱。我每个月都给老母打钱，她还领着退休金，平时花销也少，账上的四五十万全没了。我想不通啊，怎么突然钱也没了，人也没了？”

悲痛万分的姜大成想弄明白老母亲的死因，街坊邻居告诉他，那两年有个小伙子频繁出入小院，对姜母特别好，还带她出去旅游。姜母和小伙子走得很近，逢人就说认了个干儿子，也算弥补儿子不在身边的念想。但没想到，小伙子哄姜母高兴，目的却是向她高价兜售保健品。而那款保健品，是姜大成公司的货。

产品我听说过，当年确实掀起了一阵热潮，虽然没什么神奇疗效，但吃不坏人，也不涉及非法传销。姜大成生意做得大，下级的经销发展得非常快，管理上的漏洞让小伙子能够擅自进货、抬价出售，最终导致了惨剧的发生。

“那混蛋装孙子哄得老母高兴，把她的养老钱全骗了！老母也是傻，什么都不跟我说……闹到最后，一盆炭把自己送进棺材……那段时间我脾气很差，公司也不管，和前妻闹了离婚，她带着闺女分了一半财产跑了。”

姜大成靠着椅背，两眼上翻，盯着积满虫尸的白炽灯出神，似乎又回到了安葬老母亲的那段日子，不断叩问命运为何这样捉弄人。看着那具如同被抽空灵魂的躯体，我发自肺腑道：“世事无常，节哀。”

“都过去了……”姜大成抹了抹眼，又摆一摆手，“老母走后，我想尽办法要找出诈骗老母的小子，但他好像知道出了大事，拍拍屁股跑了，如同人间蒸发。找不到人，我也没办法啊，就不想再做保健品，转行干起了现在的营生。”

但姜大成没想到，他还会和当年害死老母的“凶手”重逢。三年前，葛明亮机缘巧合来到姜大成的夜总会做事。年轻人嘴甜，“大成哥”叫得一声比一声响，还替姜大成挡过刀子。英雄惜英雄，姜大成和葛明亮拜了把子，提携他做场子经理。

哥俩在一块，除了生意运作，就是喝酒吃肉。有一回，葛明亮请姜大成吃饭。两人聊得高兴，葛明亮迭声说佩服大成哥，生意做得这么红火。姜大成随口说了句他也不是一直干这行。一听这话，葛明亮眼睛就亮了，忙问姜大成是不是做过保健品生意，说他在酒吧仓库找到一些过期产品。原来，老母死后，姜大成留下了那批保健品。起初是为了追凶，后来成为一点扭曲的念想，再后来忙起来，家里不好摆放，就放进了仓库。等姜大成点头认下，葛明亮竟然哈哈大笑，拍着大腿直嚷“不愧是兄弟，活路都一样”，又说他以前也卖过保健品，还从一个老太手里赚了四十来万。两人一对口风，姜大成猛然间意识到，葛明亮说的老太太，就是他烧炭自杀的老母亲！

说到这儿，似乎觉得有些可笑，姜大成摇了摇头：“我是真把他当兄弟，最好的兄弟，可以两肋插刀的兄弟……可谁他妈想得到，就是这个兄弟，害死了我老母，害得我妻离子散？他没有为此付出过丁点代价，现在警察说我故意要杀他，要我一命偿一命。那谁来偿我老母的命，和我这些年的付出？”姜大成红着一对眼望向我，拳头攥出了脆响。

造化弄人，我脑中只剩这四个字。我很难体会他的痛苦，只觉得嗓子发紧，咳嗽了两声才问出最重要的问题：“这件事……改变了你对葛明亮的看法？”

“不。”意外的，姜大成叹了口气，“我还是把他当兄弟。老母死了六年，活不回来了，但这个兄弟是活生生的。他替我挨过刀子，跟着我打拼，愿意把命交给我，我得认他。我现在有了新家庭，有了漂亮老婆，很快就要有个大胖小子。日子得继续过，不是吗？”

姜大成说这话的时候，两眼放空，越过我看向青灰的墙壁。

两个月后，姜大成因过失致人死亡被判刑，刑期并不长。庭审结束时，他握着我的手连连道谢，表示会让姜太太多付一笔钱当辛苦费，被我拒绝了。我预祝他好好改造，早日重回家庭，让日子继续过下去。

姜太太大着肚子，行动不方便，她家里人开车来接她离开。看见从奔驰车里出来的男人时，我却登时愣住了。那是一位在刑辩领域颇有声望的大律师，是我的前辈，而牵线让我接这个案子的同行，正是他律所的合伙人！

一阵恶寒涌上脊背，我突然想通了之前一直觉得不对劲的地方：姜家的一系列行为太过完美，找不出任何破绽。首先，姜大成及时拨打了120，证明其主观并非想置葛明亮于死地；其二，姜大成及时投案自首，这是减刑的一大利器；第三，姜太太积极赔偿，并以此拿到了谅解书；最后再加上我的助攻，其结果必然十分光明。整件事的推进，就像有高人在背后指点！

我想摆脱这个念头，不断告诉自己即使有高人操纵，也不过是给姜大成争取减刑罢了。但越是这么想，心里就越不舒坦。不知道是为了安慰自己，还是潜意识想验证什么，我赶回律所，重新翻阅了一遍卷宗，瞬间脊背发凉。案卷里葛明亮出租屋的照片显示，房间并不大，没有玄关，进门就是客厅，右手边连着厨房。而厨房门的开口处，正对客厅餐桌！

不祥感越来越强烈，我想起阅卷时忽略过的一个细节：在客厅废墟里，残留着诸如快递盒、棉被、毛毯、涤纶衣物，甚至打火机、香油瓶等可燃物。第一眼看到这段报告时，我以为葛明亮习惯在客厅堆放杂物，现在却觉得很不对劲。葛明亮后脑遭受重击，如果两人发生争执，他想要伤害姜大成，也应该第一时间去取放在家里的镐棒，怎么会背对对方？

“大成哥看来也干过那个活路。”没来由的，葛明丽的声音在耳畔响起。“看来也干过”，和“原来也干过”，一字之差，表达的意思却截然相反。葛明亮在死亡前一天，似乎还不确定姜大成卖过保健品！

我仿佛被一道闪电劈中，浑身都蹿起了鸡皮疙瘩。姜大成在讲述两次饮酒场景时，非常自然，细节描述得很真实，我从没想过他会撒谎。但如果……如果他玩了个花招呢？假设，葛明亮的确宴请过姜大成两次，但第一次两人就因为预支工资吵了一架。而第二次，也就是案发当天，葛明亮才暴露了自己做过保健品的过往，勾起了姜大成最痛苦的回忆。

两次争执，姜大成都处于愤怒状态，但第二次，葛明亮没有和他起冲突的理由。那天晚上，葛明亮转身向厨房走去，是想去端卤肉来招待客人，却被仇恨蒙蔽双眼的姜大成一棍打中后脑旧伤。姜大成或许一直知道葛明亮在炖肉，后者倒地后，他做了三件事：第一件，将可燃物近距离堆积在小太阳旁，等着可燃物被引燃；第二件，刻意没关炉火，等着燃气泄漏；第三件，关上葛明亮家门，等待一切发生。调查显示，姜大成拨打 120 的时间，是爆炸发生后两分钟。

如果真相如此，姜大成不仅故意杀人，还放任燃气泄漏导致爆炸，主观恶意明显，即使有自首情节和谅解书，至少也该被判处死缓！

我坐在电脑前，显示屏的蓝光扑在脸上，只觉烧得我脸皮发烫。几天后，我通过朋友联系到了当时办案的杨姓警察，想问清楚警方认定姜大成故意杀人的理由是什么，或者说，真相是什么。

杨警官沉默了一会儿，只答复了一句："法院已经判了，那就是真相。"

我为姜大成案做的最后一件事，是和即将休学的葛明丽见了一面。家里有两个精神病人，六十八万的赔偿款一半用来偿还之前的赌债，另一半花在了治家人的病上。葛明亮的弟弟住进了精神病院，情况略有好转，等病情稳定后，他想去技校学一门手艺，撑起这个家。而葛明丽即使再不愿意，在弟弟重拾健康前，她也需要担起全家的重担。

当初我们设想的她念完大学、光耀门楣的美好未来，还是被家庭拖垮了。葛明亮死了，葛家一如既往的贫困。姜大成表现良好，经过姜太太家里人的运作，有望获得减刑。但我作为辩护律师，明明跟进了整个案件，到头来却发现自己似乎一直处于案件最边缘。

怀着对整件事的困惑，我向当时很关照我的前辈讨教："律师应当维护当事人的利益，还是案件真相？"

前辈没有明确回答，只是笑了笑："你认为的真相，就一定是真相吗？"

直到今天，我仍然不确定这个案子的真相究竟是什么，也无法验证我的任何一个猜测。但我越来越习惯于做案卷摘抄，将所有细节誊录在笔记本上，不放过任何一个疑点。委托人都称赞我敬业，只有我知道，我不过是害怕再一次视假象为真、真相为假。

04

左手的伤疤

犹记得从警时，我曾郑重宣誓，为维护社会大局稳定、促进社会公平正义、保障人民安居乐业而努力奋斗。这么多年过去，我一直以誓词为准绳，咬死嫌疑人不放，只为还受害者以公道，还受害者家属以真相，还社会以公平正义。但当审讯室里坐着昔日的同窗时，有那么一刻，我对真相产生了畏惧。

我的老同学涂云磊是典型的“别人家的孩子”，成绩拔尖，相貌堂堂，家境优越，说句“天之骄子”都不为过。谁也没想到同学聚会那天，他会当着我的面杀人。

在关闭了监控的审讯室里，我问他为什么这么做。他说：“水烧开了。”

那是个“潮”长“阴”飞的四月，清明后雨水增多，日照零碎，被万重大山包裹的城市遭受湿冷空气侵袭，气温死活升不到二十度，用四个字形容：冻手冻脚。就在这么不矜持的日子里，中学班长衣锦还乡，搞了个同学聚会。

我还没挨到发工资，兜比脸干净，去蹭吃蹭喝的心胜过见故友。别看现在吃的是刑警这碗饭，我小时候可不是个安生的主，混着班里几个小子横行霸道。后来计划赶不上变化，没混成社会老大，倒进了警校。人生际遇没个定数，人际关系也是。和当年的“哥们儿”渐行渐远，我反倒跟斯斯文文的涂云磊聊了起来。以前，看不上他这种爱回答老师问题的学生，仗着脑子好使臭显摆，无差别攻击所有同学的智商，于是给他起了个“鱼雷”的绰号。聊起这事儿，我笑得尴尬，抱拳说小时候不懂事，兄弟多担待。

鱼雷也笑:“我都不记得了。”

鱼雷的父亲是督察，母亲在市一中教语文，家教很好，称得上模范家庭。有一年鱼雷拿下奥赛第一，在主席台上讲话，他父母衣冠楚楚地出席，一家三口光彩照人，羡煞全校师生。中学之后，鱼雷被送到美国深造了六七年。我本来以为他会在一线城市发展，没想到回了老家。

鱼雷内敛，我话痨，竟然也聊得投机。我俩都不喜欢酒桌上拿命搏人脉的气氛，我提议趁早离席，找个地方一对一单喝，好好聊聊这些年的事。鱼雷还跟小时候一样，不懂得拒绝人，被我生拉硬拽地去了烧烤摊。我点上一桌铁签烤肉、腰花、小瓜韭菜，又让老板上了半件啤酒。酒过三巡，我有点上头，少不得抱怨公差难做，很多时候吃力不讨好。他给我倒酒，劝我看开点，虽然工作不容易，好歹家里安稳。我这才知道，他现在过得不太容易。

“我父亲那个位置，唉，容易得罪人。”鱼雷叹了口气，端着酒杯出神，“小时候，家里常常人来人往，表面上门庭若市，我心里却一直不踏实，总觉得会出事，没想到还真是怕什么来什么。”

几年前，不知道谁给市局递了材料，举报鱼雷的父亲在职期间收受贿赂、以权谋私，最终鱼雷父亲被判处三年有期徒刑，没收了很多财产。而屋漏偏逢连夜雨，鱼雷母亲的事业也出了问题。她从事教师工作多年，在本市靠自己的能力拼出一片天地，教导学生以严厉著称。但现在的学生不好管，有一回，一个女学生没交作业，还在课堂上与老师顶撞了几句，鱼雷母亲一怒之下去拧她耳朵，竟把那学生的耳环撕了下来！

鱼雷低着头，有些不受控制地抠弄左手：“学生家长联名投诉，说我母亲教育经验落后，只会体罚学生，要求撤她的职。母亲写了道歉信，给那学生录了请求原谅的视频，才保住职位。”

中学时，他手上就有一大块烫伤的疤，每次紧张都会下意识抓挠。

“那时候我在国外念书，开销很大，就指着家里汇的生活费过日子。家里出事之后，我挨了半年，母亲就让我回国了。”

鱼雷告诉我，没有毕业证，他求职屡屡碰壁，还是他母亲托了以前学生的关系，好说歹说把他安排进了现在的公司。父亲在位时时常有人上门送礼，出事后却门可罗雀，那些声称可以两肋插刀的“叔叔”“伯伯”，就像竹篮里的水，“哗啦”一下全漏光了。以前，邻居想尽办法求他母亲给孩子开“小灶”，后来见了她只会扯出假笑，转过身就戳她的脊梁骨。

那段时间，他们母子过得很难。即使后来鱼雷父亲出狱回家，情况也没能好起来。他父亲拉不下脸找工作，日日酗酒，母亲的精神越来越紧张，家里天天吵得不可开交。碗筷都摔完了，陈芝麻烂谷子的事儿也翻完了，二老转而责备起鱼雷不争气。

“这么说可能不合适，从记事起，我家一直很光鲜。可这几年，我父亲像条落水狗，母亲成天给领导、家长赔笑脸……早就不复他们当年的神气，但没办法，日子总得过下去。我退了单位提供的宿舍，和父母搬回老房子，一直住到现在，他们身体都不太好，我在家也方便照顾他们。可是……”说到这里，鱼雷苦笑了一下，“因为这样，我女朋友总觉得我爱家人胜过爱她。谈了一年多，都见过家长了，她突然说我们不合适，怎么都留不住。”

他说女方逼他搬出来住，他不肯，两人为这事儿吵了几次，把女朋友吵吹了。我安慰鱼雷，天涯何处无芳草，总有愿意融入他家的姑娘。他一时八卦心起，问我谈没谈对象。我不好当着人面散发恋爱的酸臭，索性拿自己给他打案例。

“谈了一个，姓李，同事，不过她准备转内勤，总好过在外头跑，日晒雨淋的，遭罪。”我给鱼雷倒酒，“你想啊，她多清楚我们这行见天儿不着家，工资养活自己都费劲，但人家不嫌弃我。所以说，你得等缘分，碰上真命天女，一家人肯定其乐融融。”

鱼雷蓦地笑了：“有时候，我真羡慕你，女朋友体贴，家里人也无条件地支持你。”

我忙摆手，差点把烤肉甩他脸上，连称家家有本难念的经，我跟家里老头也是一万个不对付，过年因为执勤不能回家吃饭还吵过一架，要不是我妈拦着，他能当时去派出所把户口本上我那一页销了去。

他摇摇头道："你记不记得，有一次会考我发挥失常，只考了全校第三，而你才刚过及格线。我这么说你别生气，那时候我真的挺好奇，怎么会有人只考六十分？家长会上，班主任还跟你父亲说，你太顽劣，再不好好管教，你就废了。"我尴尬地想找条地缝钻，回想起那次考试我突发重感冒，差点没能参加，全程挂着鼻涕写卷子。出了考场同学都在对答案估分，我在旁边目瞪口呆地问："哪儿还有一道题啊？"鱼雷自顾自往下说："我没想到，你父亲会反驳班主任。他说'我儿子生着病也要坚持参加考试，就凭这股劲，他以后干什么不能成？'我一直想不通，怎么会有家长不看重成绩？"他絮叨着，似乎被这个问题困扰了很久，"我母亲一直教育我，成绩差的小孩长大以后只能去捡破烂，我不能捡破烂，不能给父母丢人，所以永远都不能输。可你父亲却觉得，你只要参加考试就能成功，哪怕只考了六十分？"

我没接话，他抬起头，视线如钢刀一样刺过来，让酒精熏红的眼里满是错愕："如果这样也能成功，我母亲为什么还要打我呢……"

话头一开，故事就像开闸泄洪。那晚我们聊了很多，我说他是家长心目中的榜样、同学眼里"另一个世界的人"。他说他这辈子都活在父母的教养下，一切事务都由他们一手操办，穿什么衣服、吃什么东西、报什么补习班……他本以为一辈子只需要埋头学习，就可以按部就班、顺顺利利地走上人生巅峰，可现实给了他一记响亮的耳光，打得他找不到那条登上金字塔的路。

我们喝光了半件酒，又让老板补了半件，一瓶没剩，喝得我和他大着舌头、勾肩搭背着连笑带骂。我才知道，原来全校艳羡的高才生，也有不如意的时候；他也才知道，当年我那么欺负他，除了看不惯他的傲气，还因为班花喜欢他，而我喜欢班花。

散场的时候，鱼雷走路都在打飘。我叫了辆计程车，怕他昏死在后座，干脆也钻了进去，一路送他回家。老房子虽然年份长了，但装潢得颇为雅致，客厅山水挂画里夹着一张全家福，父慈子孝，一家英才，看起来很幸福。我把鱼雷扔上沙发，忍着三急问他借厕所。他指了指走廊，爬起身还要倒水招待。我劝他别瞎搞，吐了我可不收拾，转头要去厕所放水，却突然闻到股怪味。

我扯着嗓子问鱼雷，家里是不是在烧什么东西。他答没有，又说父母休息了，让我小点声。我一面道歉一面往里走，那气味却越来越浓，一阵阵往鼻腔里钻。干刑警的本能令我的尿意和酒劲顿时散了一半，循着气味摸到一扇门前，招呼鱼雷过来。

“从这儿飘出来的……这屋是？”

看我指着的紧闭房门，鱼雷揉了揉眼睛：“是我父母的卧室。什么气味？”

我一时答不上来，他越过我敲门，喊了两声爸妈，没人应，他便拧动把手推开门，一股明显的煤烟味扑面而来。屋里没开灯，借着走廊透进来的光，能看见床上躺着两个人，离床不远放着一盆还在隐隐燃烧的炭！

我瞬间清醒，大步抢进屋开窗，冲鱼雷喊：“打 120！”

鱼雷这才转身，连滚带爬地跑回客厅拿手机。我顾不上他，冲到床前搀起一人就往外搬。等把人挪到走廊上一看，才知道是鱼雷年过五旬的母亲，再去探颈动脉，已经没了动静。我心头一凉，一边喊鱼雷打开门窗通风，一边又折回屋里，提着鱼雷父亲胳膊搭上肩，费劲地把他背出屋。

空气里残留的气味被混着冷雨的风吹散，我不想放弃，让鱼雷跟着我做心肺复苏，能抢回一秒是一秒。救护车的鸣笛撕破夜色时，鱼雷父母已无生命迹象。他靠在墙角，痉挛地将左手那块老疤抠得血肉模糊。床头柜上的遗书被吹落在地，惨白得如同一袭裹尸布。

两个小时后，我提着水回到辖区派出所，递给刚做完笔录的鱼雷。经历了这么大的变故，他比我想象的要平静，只是一直不受控制地抠弄着左手纱布。我按住他的肩，他深吸了口气，告诉我他早就料到会有这么一天。家庭的变故，摧毁了两位老人前半辈子建立的自信和尊严。

“我留在家里，不光是为了照顾他们起居，也是担心……担心他们撑不住。我父母没吃过什么苦，半辈子顺风顺水，顺得根本没法面对现在的日子。”鱼雷盯着渗血的纱布，失神地漏出一句，“我只是没想到，会这么快……”

没想到让我更诧异的，是他家亲属扭曲的嘴脸。当晚，鱼雷父亲的哥嫂、妹妹妹夫，以及鱼雷母亲的兄长前后脚闯进派出所，第一时间不是关心鱼雷的情况，竟然是指着彼此破口大骂。鱼雷大舅声称妹妹以前买过一份意外保险，受益人是年过八十的老母。

“我妹子不可能自杀！”鱼雷大舅拍着桌子，面红耳赤，“姓涂的自己倒霉就算了，凭啥把我妹子拉下水！”

“怎么说话呢？”鱼雷大伯也不甘示弱，“我弟出来以后，那还叫家吗？回家没口热饭，对着冷锅冷灶和一张冷脸，老婆天天换着花样吵架，哪个男人受得了啊！”

一方不认为鱼雷母亲会寻短见，另一方当然更不会认杀人，双方吵得不可开交。民警调解了几句，被鱼雷姑父一把搡到门边上。

我看不过去上手拉人，指着鱼雷姑父怒斥：“懂不懂法！还想打警察是怎么的？都冷静点说话！”

鱼雷大舅人单力薄，以为我站在他这边，拉着我就喊冤：“警察同志，这事你们要管啊！我妹子上个月还从家里借了一万块钱周转，咋可能现在就死了，肯定是姓涂的拉人垫背！”

鱼雷姑姑也尖着嗓子嚷嚷：“钱钱钱，就知道钱，我哥以前风光的时候，你家没少拿好处吧？现在人死了，还想讹我们一笔？一群土农民！”

派出所鸡飞狗跳，我一个头两个大，想让鱼雷劝劝这伙亲戚。一回头，却发现他面无表情地坐着，直勾勾盯着几个长辈，活像看一窝抢食的猪。我愣了愣，胳膊让鱼雷姑姑的长指甲挠出三道红印。一整晚，两家人就没消停过。我不在队里当值，却在派出所耗尽了心力。

我更没想到，一个星期后，案子会转到师父手上。那会儿我拎着两个飞车抢包的小子归案，被老何火急火燎抓去开会。一进门，就见桌上铺满物证袋，师父陷在椅子里，强撑着熬了几天的熊猫眼看遗书。

“头儿……什么情况？不就是个自杀案吗？”

老何接了话：“本来是按自杀处理，女方家属不认，辖区没收住风，又让媒体掺和进来了，加上男方还干过督察，搞得现在外面说什么的都有。上头重视，让咱们尽快稳住情况。好在辖区前期工作做得不错，省了不少事。”

我心中暗想，就算再重视，自杀案还能查出花来？翻开证据看上一圈，却觉得事情不大对劲。有几条线索让我非常在意：其一，炭盆边沿只提取到一组指纹，经比对，属于鱼雷母亲。但盆上只有指纹，没有掌纹——正常人端起装满炭火的盆子，不可能只用指尖发力；其二，冰箱里找到两盘剩菜，从中检测出了安眠药成分。据法医鉴定，鱼雷父母体内都残留有安眠药，但分量并不致命。其三，派出所同僚走访调查，发现鱼雷母亲还报名参加了月底的一期教研会。从证据看，鱼雷母亲不像会自杀。

犹豫再三，我向师父道：“我有个不成熟的想法，但目前的证据不能支撑。”

师父点头：“说说。”

“我是这么想的，餐盘上留有女死者黄文娟的指纹，可以确定饭菜是她收进冰箱的。涂云磊和父母住在一起，这些菜他有可能也吃下去了。如果黄文娟知道饭菜里有安眠药，她不会这么做。很大概率，黄文娟没有自杀的想法，但她还是死了。有没有这个可能——男死者涂兆华策划了这起自杀案？

“案发当天，涂兆华在饭菜里加入安眠药，引诱黄文娟吃下，随后可能担心药量不足，他又准备了炭盆，上了个双保险。涂兆华具备一定的反侦察意识，为了避免谋杀妻子的罪行被发现，他用昏睡的黄文娟的手在炭盆上留下了指纹，却遗漏了掌纹。做完这一切，涂兆华写下遗书，和黄文娟一起等待死亡。”

老何插了一句："也就是说，你觉得黄文娟亲属的说法成立？"

我没接话，那时我完全信任鱼雷，真心觉得是他父亲策划了一切，只是没找到直接证据。

师父也没接话，把遗书往我跟前一递："看看这个。"

我打眼一看，遗书字迹略显粗犷，应该是鱼雷父亲的手笔，只写了两行，一说一切都是诬告，二说只有彻底离开才能解脱。但在遗书靠左的字迹上，有一些奇怪的痕迹。像是什么东西不小心擦过没干的文字，留下了晕痕。

"痕迹有点不自然……"我看向老何，"现场有什么东西沾有墨迹吗？"

老何讳莫如深地摇摇头。师父却让我再仔细瞧瞧。师父的关注点一向古怪，但他盯上的问题，总会是案件要点。我再一端详，发现擦痕竟然有些"断层"，像是被极细的线刮过。

突然，我太阳穴一跳："这是……左手写字留下的？"

老何一乐："不愧是师徒，杨队也是这个看法。"

我心里奇怪："涂兆华是左撇子？"

老何却摇头："做了字迹鉴定，和涂兆华不匹配。"

"啊？"

我给整迷茫了，遗书不是鱼雷父亲写的，难道……

"难道策划这一切的，是黄文娟？"

老何用手指敲着桌面："杨队拿到遗书的第一时间就让派出所排查了，你猜怎么着？涂兆华、黄文娟，都是右利手。"

我一时愣住了，如果遗书由第三人伪造，就表示鱼雷父母很可能是他杀！像是一道闪电从天灵盖直劈到脊梁骨，我周身蹿起了鸡皮疙瘩，登时想起一家三口中唯一活下来的人——鱼雷。

“不对，”我烫手一样把遗书扔回桌上，“我和涂云磊是中学同学，他也是右利手。”

老何却道：“涂云磊好像是个学霸？”

我知道老何的意思，他想说鱼雷可能特意锻炼过左手写字。

“没道理，笔迹流畅连贯，如果涂云磊真的练过，那他得从什么时候开始就想杀他父母？”我难以置信地摇头，“别说他没有杀人动机，案发当天我送他回家，他并没有反对。我的行为完全不可控，如果我们回得早，杀人计划就有可能落空，他没理由这么干。”

师父没表态，只让我和老何从近亲开始排查死者的社会关系，找出“可能的左撇子”。我知道师父在怀疑鱼雷，自告奋勇担下调查他的任务，老何则摸排两家亲属。无论如何，我也不相信那个不介意我继续叫他绰号、为了照顾父母放弃爱情的五好青年，会是杀人犯。

但感情归感情，查案讲证据。而要查鱼雷，得从他最亲近的人开始。鱼雷父母已经死了，他跟两家亲属显然关系都不好，我的第一目标，便是他的前女友。出乎意料的是，当我通过鱼雷同事联系上这个女孩时，对方却并不配合。

“警官，涂云磊的事不该问我。”前女友在电话里显得很不耐烦，“要不是他妈，他根本就不会把我当女朋友，你如果非得问他的事，不如查查他微信里备注‘老婆’的那个人，人家才是正牌。”

我心说好你个鱼雷，脚踩两条船，这头和人聊房子，那头竟然挖了个鱼塘？再往下聊，我才发现，这女孩儿竟然不是鱼雷当初告诉我的那个人！

女方表示，她和鱼雷根本没走到正经谈婚论嫁那一步："我跟他说过，我在新区买了套别墅，只要他愿意，他们一家三口都可以搬过来住。我对他够好了，他还惦记着别的女人？养小白脸也不是这么个养法啊？你找那个女人去吧，涂云磊跟我已经没关系了。"

话一说完，对方就撂了电话。我只得从头打听，这才从鱼雷同事嘴里问出另一个人。

"哦，你要找闻潇潇啊？"鱼雷同事也有些意外，"是，小涂之前和她处过对象。闻潇潇是咱们一个大甲方的策划，他们通过工作认识的，谈过一阵，但没多久吧，小涂就跟现在的女朋友处上了，我以为他和闻潇潇早吹了呢。"

当天下午，我约到了闻潇潇。在一间商务餐厅见面时，闻潇潇画着精致的淡妆，身穿一件干练的小西服，一边吃着肉酱意面，一边在笔记本电脑上调整着方案。

等我入座后，她腾出一手从包里翻出个本子，推到我面前："我下午还有个会，不介意我吃点东西吧？另外，既然你认识涂云磊，这东西麻烦你还给他。之前我寄给他，他拒收，快递又给我送了回来。我不想再跟他有什么瓜葛。"

"这是？"

闻潇潇盯着屏幕，耸耸肩道："他写的日记，或者说求复合的情书吧。我不是十七八岁的小姑娘，不会上这种当。"

我有些尴尬，只能先收下本子，简单客套两句后直切主题：“你和涂云磊是情侣关系吗？”

“情侣？”闻潇潇咽下一口面条，话里带刺，“人家谈了新女朋友，我是前任。至于他给我什么备注，就不是我能左右的了。”

闻潇潇对鱼雷的态度让我有些诧异，她急于和鱼雷划清界限，对他的厌烦多于不舍。而透过闻潇潇，我才了解到鱼雷的另一面。作为项目对接人，闻潇潇和鱼雷在工作期间接触密切，觉得他做事踏实、为人温厚，长得又白净帅气，慢慢地产生了情愫。鱼雷也对闻潇潇利落的工作风格、开朗外向的个性颇有好感。一来二去，两人很快成就了一段金童玉女的佳话。

那时，鱼雷对闻潇潇可以说是千依百顺，闻家二老也对鱼雷印象不错，但奇怪的是，鱼雷丝毫没有带闻潇潇见家长的意思。两人都是二十五六的年纪，不能像学生时代一样玩爱情长跑，闻潇潇索性自己开口提议去登门拜访鱼雷的父母，还精心准备了礼盒、酒水。谁能想到，鱼雷领着闻潇潇回家那天，鱼雷母亲竟然叫了另一个女孩儿到家里吃饭。闻潇潇委屈极了，又不便转身走人，饭桌气氛无比尴尬。而鱼雷母亲只顾着和那女孩儿聊天，给人家夹菜，甚至让鱼雷送她回家，压根没管过闻潇潇。

“我知道婆媳关系不好处，涂云磊爸妈都是高级知识分子，看不上我这种抛头露面跑业务的女人，也正常。我没想过受一次打击就放手，我那时是真喜欢他，可你知道涂云磊有多搞笑吗？”

闻潇潇笑得讽刺：“他这头跟我说，他妈逼着他和那女的相亲，但他心里只有我，结果一转头还和那女的出去看电影、吃饭，就连他公司的人都知道他在和人家约会。他同事还跑来问我是不是跟涂云磊分手了，我能怎么说？”

她觉得努力规划两人未来的自己就像个小丑，一气之下甩了鱼雷。起初鱼雷没说什么，过了一个月，又来找闻潇潇，声称前半辈子都在走父母给他规划的路，从来不会说“不”，但这次，他赌咒发誓非闻潇潇不娶，想掌握一次自己的人生。女孩子心肠软，经不起鱼雷死缠烂打，没多久就同意复合。本来，闻潇潇以为鱼雷欠缺的只是开口机会，想了各种话术教他怎么和母亲沟通。但每次提到父母，鱼雷的情绪波动就非常大。

“他们家表面上其乐融融，但只要我让他和家里人谈，他就很不高兴。”提到往事，闻潇潇直摇头，“一开始是找各种借口，后来说多了，他就开始发脾气，说我不体谅他的难处，非要让他做个不孝子，脸红脖子粗的，跟我们刚认识那会儿判若两人。但这是孝不孝顺的事吗？他都快三十的人了，住在家里不说，工资卡也在他妈手里。我们谈恋爱的时候，钱都是我出的，他身上除了车费和吃午饭的钱，一个钢镚儿都没有，连衣服都是他妈买了给他穿。”

闻潇潇气不过，骂鱼雷是“妈宝”“长不大的孩子”，鱼雷竟然扬手给了她一耳光。这一耳光，把她彻底打醒了。闻潇潇知道鱼雷永远不会反抗父母的安排，而自己只不过是他逃避现实的工具，果断和鱼雷断了来往。

“你以为那是个幸福三口之家？根本不是，他们家太畸形了。”

聊到最后，我问出了自己一直回避的问题：“涂云磊……是左撇子吗？”

闻潇潇皱起眉头：“应该不是吧？这年头谁还用笔写字？我不知道。”

闻潇潇离开后，我翻开她留给我的本子，第一页写着：离开潇潇的第一天。那个“离”字，非常眼熟。

回到队里的时候，老何也拿到了有用的线索。根据黄文娟兄长，也就是鱼雷大舅的说法，鱼雷小时候是左撇子，三年级后才改成右手写字。鱼雷母亲一直想把他的“坏习惯”纠正过来，为此下过几次狠手。有一回当着鱼雷大舅的面，几记耳光把鱼雷打得鼻血横流，他大舅都吓了一跳。

老何一边汇报情况，一边偷瞄了我一眼，我知道我的脸色一定很难看。但难看归难看，我还是拿出了鱼雷给闻潇潇的日记，老何送去做了字迹鉴定——结果吻合。同时，遗书检测报告显示，纸张上残留有两枚指纹和半截掌纹，属于鱼雷，而纹路里还有微量安眠药成分。

拘捕鱼雷时我没去现场，我不知道该怎么面对这个同学。在审讯室，鱼雷一直低着头抠弄左手的疤痕，无论师父怎么抛问题，他都一言不发。直到师父拿出日记和字迹鉴定结果，他才抬起头，目光如刀一样扎在笔记本上。

“你们怎么会有这本日记？”鱼雷开口的第一句话，和案情全无关系，“这是我给潇潇的东西，为什么在你们手上？”

师父冷冷道：“这不是你该关心的问题。”

鱼雷缓缓将视线从笔记本移到师父脸上，似乎突然想到什么，他猛地扭头看向单面镜，和观察室中的我四目相对！

“袁政！”鱼雷脸上肌肉不断抽搐，在压力下充血的双眼满是怨怼，“我知道你在！你找过潇潇了？我对你既往不咎……你竟然这么害我！”

我从没见过他这么愤怒——与其说是愤怒，毋宁说是谎言被戳穿后的恼羞成怒。他几乎从椅子里弹起来，暴跳如雷地质问我有什么资格拿走他给潇潇的东西。似乎失去那本笔记，闻潇潇就会永远从他的世界里消失。我看得出来，鱼雷对闻潇潇存着怪诞的感情。

我调开通讯，向师父道：“头儿，我可以和他聊聊吗？”

流程上，我应该避嫌。但感情上，我有太多问题要问鱼雷。师父照顾我，破例同意关闭监控，在完全私密的环境下和情绪激动的鱼雷沟通。我谢过师父进了审讯室，迎着那双赤红的眼睛坐下。

“为什么用左手写日记？”

我的开场白让鱼雷愣了一下，没等他回答，我又道：“因为在闻潇潇面前，你才能短暂脱离母亲的管束？闻潇潇让我给你带句话，她说你根本不爱她，你爱的只是用她反抗父母时的快感。”

“你放屁！我爱她，我可以为了她放弃一切！”

“甚至父母的命？”

听我这么说，鱼雷的表情登时变了，他眼角一阵抽搐，随即放松了紧绷的面部肌肉，一直钉在我身上的视线也游移开，恢复成之前避而不谈的状态：“你别想套我，我没做过。”

鱼雷的反应让我心头凉了一截，他近乎病态地克制自己的情绪，而压抑，往往是悲剧的源头。我看着他佯装平静的脸，重重拍响遗书："你不认，不代表事情没发生，这是铁证！我不知道你经历过什么，但杀人绝对不可能解决问题！你爸妈那么爱你，捧在手里怕摔了，含在嘴里怕化了，你知不知道中学那会儿我有多羡慕你？家境好，学习好，你是所有人眼里的明星……"

"我不需要！"鱼雷咬牙切齿，"羡慕？你是我吗？你知道我这半辈子怎么过的吗？你羡慕个屁！"

"那你告诉我啊！我他妈不是在听你说吗！"

审讯室里回荡着我的怒吼，直把鱼雷吼愣了，他又开始痉挛地抠弄左手，指甲缝里血迹斑斑。

我看着那片老旧丑陋的疤，皱起眉头："你的手没事吧？"

可能没想到我会注意到他的痛苦，鱼雷沉默片刻，摇了摇头："你说你羡慕我？袁政，你真的不知道？"

"知道什么？"

"我羡慕你啊……你父亲会在家长会上反驳班主任，而我母亲只会让我跪着承认错误，让我整宿整宿地抄写错题，直到题目刻进骨髓里！我羡慕你……羡慕得要死。"

我没接话，甚至无从接起，但我打开了鱼雷的闸口。从小开始，他就被父母塑造成了"完美孩子"。必须考年级第一，必须品学兼优，必须和由父母筛选的"好孩子"玩，包括，必须用右手写字。鱼雷说，他早已习惯了父母的安排，就像喝酒那天他告诉我的一样，他的人生是被父母用量尺规划的人生，绝不能行差踏错。

但十六岁出国留学后，他发现事情变了。一个人在国外，鱼雷像是突然暴露在荒原上的温室花朵，不得不独自面对外界的压力。他给父母打电话哀求，甚至用绝食来逼父母同意他回国。“但他们不同意，我妈说我没出息，一点小事都办不好。”

后来，他母亲甚至拒接他的电话。作为形单影只的留学生，少了父母的庇护，鱼雷变成了“晚宴上的小丑”。他被同学排挤、欺负，被高年级的学生扒光衣服推上人来人往的走廊，直到老师匆匆赶来，用一条窗帘裹住他光溜溜的身体。他在深渊中挣扎了五年，没有任何人向他伸出援手。

为了躲避霸凌，鱼雷不再去学校，每天溜达在异乡的街头，结交了一伙“朋友”。他很清楚，那些白人不喜欢他，但他是个“有钱的中国小孩”，能为他们提供足够的资金购买禁药。鱼雷渐渐陷入药物成瘾的泥潭，从天之骄子堕落成他曾经最看不起的“捡破烂的小孩”。虽然日子过得浑噩，但他爱上了这种肆意放纵的快感。只是他没想到，父亲会出事。

“她断了我的生活费，逼我回国。”鱼雷用两指紧紧掐着左手虎口，“我需要他们的时候，他们什么都没给我。他们需要我了，就要我继续做回小时候那个听话的奴隶，去给他们争面子。我只有这个用处？我是用来证明他们不算失败的工具？”

鱼雷说，他输得一败涂地。为了逃离牢笼，他偷钱买了车票。抵达另一个城市后，他才发现自己一直靠家里的钱过日子，一旦断了经济来源就无法生存。斗争最终以鱼雷的妥协画上句点，他被母亲安排进了另一个牢笼——她学生的公司，以监视他的一举一动。银行卡、身份证、护照、爱情，乃至整个人生……鱼雷的一切，都被他母亲牢牢掌握。直到遇上闻潇潇，他才找到“背叛”父母最好的途径，用她来反抗母亲给他安排的婚姻。

鱼雷喃喃:“她是我生命里的一道光，我是爱她的。”

我嗓子干哑，出声时自己都吓了一跳:“所以，为了和闻潇潇在一起，你决定杀了他们?”

“不……”鱼雷摇了摇头，“不关她的事。是水烧开了。”

鱼雷伸出左手，让我看那块狰狞的疤。

“从小，我母亲就想纠正我的左撇子，但我怎么都学不会用右手。三年级第一个学期，她逼着我练字，我写不好，被打了几耳光，鼻血滴在纸上，红艳艳的很吓人。”

那天之后，鱼雷母亲两天没给他做饭吃，告诉他只有用右手把字练好了才能吃饭。鱼雷实在饿得不行，就自己去厨房煮面，不小心滑了一跤，打翻了锅子，开水烫伤了他的左手。鱼雷倒在地上号哭，他母亲刚好下课回家，赶来的第一反应不是哄他，而是指着他的手说:这就是惩罚，只要还用左手写字，就还会受惩罚。那块疤就这样留了下来，作为被惩罚的佐证。

案发前几天，鱼雷为挽回闻潇潇，通宵伏案写日记，纸面上爬满了对她的思念。写到最后一页，只因为写错两个字，他便无法容忍，将那半页日记撕碎扔进垃圾桶，重新写了一份，又用心形图案的彩纸将日记包好，寄给闻潇潇。他本以为闻潇潇会被日记感动，重新审视他们曾经的海誓山盟，但他没想到，闻潇潇会将日记退回来。

案发当天，鱼雷拒收了闻潇潇退回的日记，给她打了个电话，低声下气求复合。但闻潇潇没同意，指责他永远活在父母管控下，永远长不大。鱼雷憋着一肚子火，看见父亲又在大中午就喝醉了躺在沙发上打呼噜，他默默收拾好呕吐物，自己烧水煮面。

水烧到一半，鱼雷母亲进来了。母亲竟然疯狂到用胶带一点点将他撕碎的日记贴回原样，质问他是不是还惦记着闻潇潇，又问他字体跟平时写的不一样，是不是还在用左手写字。愤怒的母亲口不择言，怒斥鱼雷是白眼狼，自己千辛万苦相中了那么好的准儿媳，对方家里有权有势，能帮助他家东山再起，鱼雷却和他爸一样废物，全无担当。

“她指着我的手，问我是不是还没被惩罚够？”

被吵闹惊醒的鱼雷父亲，开始在客厅摔杯子咒骂，母亲抛下怔愣的鱼雷，转头跟丈夫吵得不可开交。锅里的水“咕噜噜”沸腾了，鱼雷看着一地鸡毛的家，心脏搏动的声音盖过了理智。

“他们失去了光鲜的包装，只剩下包着粪水的皮囊。既然那么痛苦，为什么不去死？”鱼雷困惑地看着我，“他们不敢，我知道，他们只敢打我、骂我，逼着我帮他们找回尊严。我可以帮，我要帮我们所有人都获得自由。”

鱼雷向母亲道歉，乖巧地帮她做饭，却在菜里放了安眠药，看着他们大口吃下。或许是即将自由的激动冲昏了头脑，鱼雷没注意到母亲将饭菜收进了冰箱。等父母入睡后，他找来父亲洗脚的铁盆，在盆上留下母亲的指纹，模仿父亲的字迹写了遗书，随后找到小区附近的民工，买下对方取暖的炭，回家紧闭门窗，点燃木炭，出门参加同学聚会。

我问鱼雷的最后一个问题是，为什么我提出送他回家时，他没有拒绝。

他沉默了很久，才道："我需要一个目击证人。"

结案后，我向师父请了两天假，想回中学校园看看，再提瓶酒和老爸好好聊聊。师父没反对，给我递了根烟，告诉我鱼雷带我回家，并非是为了让我做目击证人。我知道师父的意思，目击证人太容易找，邻居、物业，哪怕一个路人，都强过警察。更何况，案发时他不在家，又有遗书佐证，即便没有目击证人，只要稳住他大舅，不把事情闹大，不坚持尸检，派出所很可能会以自杀结案，他就能完成一次"完美谋杀"。让我去他家，是最愚蠢的犯罪方式。

师父吐出灰蓝的烟雾，缓缓道："在审讯室，涂云磊愿意和你沟通，没有完全把你从生活里剔除出去，他潜意识在求助，希望你能阻止他的计划。"

"……可惜，"我说，"是我能力不够，晚了一步。"

师父叹口气，留给我一句话：刑警也是普通人，没办法拯救所有人。

05

左邻右舍

干警察这些年，我对老房子一直心存忌讳。倒不是什么迷信思想，只是好巧不巧，碰上过几起牵涉老房子的惨案。那些墙体斑驳、邻里走动频繁的老楼，仿佛有种怪诞的魔力，能够吞噬人心，乃至人命。如果你住在老房子里，有一天，发现水管流出的水泛着恶臭，还有奇怪的沉积物，最好去顶楼看看水箱。因为那里面，很可能藏着一具腐尸！

六月的南方少了春日淅淅沥沥的雨，不到三伏那般压顶烧心的热，暑气被山间的风刮得琐碎，激起虫鸣鸟啼，和行道树绵密的窸窣声。人们感慨难得的凉爽，遛弯、野餐、游湖、烧烤、打陀螺、放风筝、登山喂猴、礼佛烧香……该有的活动一件不落，就连公园相亲角也比往常热闹。

我刚结束扫黄打非专项行动，难得抽出身轮休，约上几个兄弟吹冰啤酒吃小龙虾，却接到了表妹的电话。表妹二十出头，从县城到市里打工，在火车站附近的老居民区租了个一室一厅。我们虽然不熟，但两家外婆是亲姊妹，特别打过招呼，让我帮衬一把。

电话里，她显得有些紧张：“袁哥，我租的老房子……不大对劲，你能不能过来看看？”

表妹住的地方我知道，老区老院一幢老楼，天上是拉得错综复杂的电线，地上是踩成黑斑的痰和泡泡糖。楼龄30年往上，楼型坐北朝南，六层高，一层四户一字排开，中间掏出连接上下的楼梯和垃圾道。楼道狭窄，还堆满了杂物，两人并行都得互吃肘击。水泥台阶修得又陡又窄，声控感应灯多半也是坏的，天稍微擦黑，上下楼就得摸着扶手走，铁质扶手早已斑驳掉漆，裸露处叫人摸得发亮。

虽然老楼由内而外都简单得容不下怪力乱神，但火车站这一片鱼龙混杂，我怕她碰上坏人，撂下饭局赶了过去。我到的时候，小院分外热闹：有老头指天咒骂房子烂成这样还不拆迁；有年轻夫妻领着孩子在院里用纯净水漱口、洗脸；有大嗓门的妇女正给居委会打电话……阵仗搞得挺大。

我问表妹怎么回事，她只把我拉进卫生间，拧开龙头让我看。自来水“哗哗”往外流，我依表妹所言掬了一捧，发现水质很浑浊，掺着些黑黄色、类似油脂的杂质，凑近一闻，还有股刺鼻的恶臭。表妹说，从六月中旬开始，自来水就有股怪味儿，但她没多想，仍旧用这些水洗衣煮饭。谁知到了六月下旬，水里的恶臭已经让人难以忍受，还多了很多不明漂浮物，即使沉淀上半天也没法使用。

我拧上龙头问：“检查管道了吗？”

她点点头：“请师傅来看过了，说管道没问题，让我去看看水箱。”

年代使然，不少老房子的居民用水都由顶楼水箱供应。表妹只是个租户，拿不定主意，就给房东大姐打了电话。等房东赶来的过程中，她受不了屋里腥臭出门透气，和邻居聊闲天，才发现各户用水都出了问题。大家聚在院里商量对策，这个说找居委会，那个说叫电视台，还有准备上访的，七嘴八舌嘈杂至极。表妹住了俩月不到，人生地不熟怕吃亏，这才联络上我。

几分钟后，房东和居委会的人也到了，一行人浩浩荡荡登上顶楼。烈日当空，难以形容的恶臭弥漫在空气里，比自来水的臭味更浓烈、实在。我走近一闻，心里就暗道不好，这味道和尸臭太像了！

居委会的大哥动作比我快，往手心啐两口唾沫就爬上水箱检查。我没来得及提醒，听他一声惊叫，竟然从铁楼梯上跌了下来。我两步抢上水箱，探头一看，一具已经呈现巨人观的腐尸赫然映入眼帘！

坏了。我脑子里刚闪过这个念头，大哥就嚷嚷开了：“死人了……里面、水箱里有死人！”

这话一出，可能想到一个多星期一直在用尸水煮饭，表妹抽搐两下，“哇”的一声吐了满地。更要命的是，吐的不只她一个。我强忍着一块儿吐的欲望，冲着慌乱的人群喊：“我是警察，都别过来！”然后招呼所有人撤离现场，同时摸出手机呼叫同事增援。

没过多久，老何领着几个弟兄赶到。一拨安抚炸了锅的居民，一拨配合法医紧急取证，还有一拨应付闻着味儿赶来的各路记者。忙活了两个多小时，才把尸体从水箱里捞出来装进裹尸袋。尸体高度腐坏，全身软组织被气体撑得青肿发黑，部分污绿色的皮肤已成套脱落，惨不忍睹。

腐烂成这样，早已无法分辨生前容貌。更麻烦的是，死者身上没有任何可以证明身份的东西——钱包、手机、证件一应全无。只能从看不出原色的荷叶边上衣和热裤推断，多半是个妙龄少女。面对这番惨象，饶是久经沙场的老何都有点扛不住，第一时间给收网围捕地下赌场的师父打电话。

火车站这样的人流旺地发生这种案子，不用上头施压，全队都绷紧了神经。维稳是要务，老何紧急指挥，先把尸体运回队里，我留下驱散围观群众，同步搜集有用信息。尸体运走没几分钟，表妹在楼道里把我截下了，拽着我问死者是不是个女的。

为了不引起邻里恐慌，我把她拽到角落小声问道："你怎么知道？"

"居委会大哥说的……"小丫头显然吓坏了，脸色惨白，"说是个打扮时尚的女尸，穿着吊带短裙？"

好嘛，这嘴上不把门还造谣的家伙。我安抚表妹，案子已经进入调查阶段，一定会尽快侦破，没想到她咬咬下唇，却道："住我隔壁的女生平时的打扮很像大哥描述的……我好像有小半月没见过她了，不知道有没有关系……"

我心头一跳，细问才知道，表妹隔壁住了个单身妈妈，年纪不大，孩子尚在襁褓。和电梯房不一样，老居民楼是抬头不见低头见，但半个月来，表妹和隔壁全无来往，她还以为那女孩儿搬走了。听说水箱里的尸体打扮"清凉"，她第一反应就想到了那个女孩儿。

直觉这东西，往往越坏越见效。敲门不见回应，我找来同僚，直接撬开了房门。一进门，腐臭扑面而来，满屋都是苍蝇。客厅沙发旁立着张简易木质婴儿床，透过栅栏，能看见鼓鼓囊囊的襁褓被尸水染得脏污不堪……

那一瞬间的心情实在难以形容，我抓乱头发，招呼弟兄加紧排查。死者身份很快得到确认，是个 19 岁的女孩儿，名叫艾晓雪，职高毕业，没有工作。艾晓雪在单亲家庭长大，母亲几年前搬去了别的城市，父亲也重组了家庭，几乎不管她，只留了套老房子给她和孩子住。

老何领着艾晓雪父亲认尸时，我和小李召集老楼居民逐一问话。表妹入住时间最短，又是第一个指认尸体的人，从她入手，可以梳理出不少线索。坐在办公室，表妹显得格外紧张。同为女性，小李体贴地给她递了杯清水，坐在她身边安抚了一阵。

等表妹情绪稳定，我才开口问:“你最后一次见艾晓雪——也就是死者——是什么时候？”

“应该是……月中吧，好像是 12 号，我记得第二天是周末，晚上回家的时候见过她。”

小丫头仔细回忆着，牵涉凶案的恐慌让她急于撇清关系:“那天她又和郭大爷吵架，郭大爷要拿拐杖打她，她就往后退，差点滚下楼梯。还好我在后面扶了一把，她才只是扭伤了脚。”

我皱起眉头:“又？他们经常吵架？”

表妹吓了一跳，意识到说错话，支支吾吾不敢接茬。

小李忙称谈话内容不会公开，好说歹说劝了一阵，她才嗫嚅道:“那……你们千万别说是我说的啊。郭大爷跟我们住一层，楼梯上来靠左那户。他脾气不好，好像还失眠，总说婴儿哭闹吵到他休息，两户的关系挺僵的。其实我住隔壁……真没听见什么哭声。”

郭大爷不知为何看不惯艾晓雪，总是想尽办法折腾人。他养了条小狗，经常故意放出来，在艾晓雪家门口拉屎撒尿，他还会隔三岔五把家里垃圾扔在她家门外。一入夏，垃圾和狗屎招来不少蚊虫鼠蚁，恶心得很。为此，表妹请房东从中斡旋过，不仅毫无效果，还闹得郭大爷见她也没好脸色。

我皱起眉头，问表妹十二号之后还有没有见过艾晓雪。

她摇摇头：“人就没见过了，不过第二天不是周末嘛，我约了朋友，中午出门的时候看见一个戴眼镜、瘦瘦高高的男人敲她家门。挺面生的，不像是住户，也不知道找她干什么。”

我和小李对视一眼，问了最重要的问题：“据你了解，艾晓雪有没有什么仇人？”

表妹面露难色：“说真的，我跟她也不熟，就是出门撞见打个招呼的程度。不过我听说，她好像是做那种工作的……”

“你是指性工作者？”

表妹闷了半天，才点点头：“我不知道是真是假，大家都这么说，所以也不怎么跟她来往。除了郭大爷，我看不出有谁特别恨她，但就是郭大爷，也到不了杀人的地步吧？”

这话不假，即便邻里关系再恶劣，为孩子的哭声杀人，着实犯不着。表妹口中的郭大爷是个独居鳏夫，六十八岁，纺织厂退休职工，膝下两子一女。本该是坐享天伦的年纪，老人和子女的关系却意外紧张，几乎不怎么走动。面对我和小李两个“后生”，郭大爷谱摆得挺大，进门先给了个下马威。

“我给国家做贡献的时候，你们还没出生哩！现在把我抓起来，是要冤枉好人？我跟你们说，不可能，国家不同意！”

我忙捧上一捧：“大爷，是请您协助调查，怎么可能抓您这样的老前辈呢！”

郭大爷果然受用：“对嘛，年轻人就应该尊重人，不要像那个小屁娃娃，有爹生没娘教。”

一听这话，我心知有戏，忙往下问。郭大爷性子急不藏事，交代得明明白白。原来，早在年初艾晓雪带着孩子搬入老房子时，两人就已经交恶。郭大爷平时没什么习惯，只是平时经常收集废弃的纸壳、水瓶、旧家电等杂物换钱。家里放不下，他就往楼道里堆，挤得本就狭窄的楼梯越发逼仄。有一回，艾晓雪下楼时踩到一个易拉罐，差点把孩子摔了，她当即拍开郭大爷家门，劈头盖脸骂了一通。

“楼道又不是她家的！”郭大爷唾沫横飞，“喊她叫一声，看楼道答不答应？嘿，我放我的东西，她走她的路，我还没说她踩脏了我的棉被哩！小屁娃娃，居然说我‘造堵’？我住这里几十年，放了几十年的东西，你出去问问，哪个敢这么和我说话？现在的年轻人，从来不从自己身上找原因，简直不知好歹！”

艾晓雪看不惯郭大爷堆积杂物，郭大爷更看不惯艾晓雪没有家教，两人为此起过不少争执。据郭大爷所说，十二号当天，艾晓雪不看路踩到一摊狗屎，又和他吵了起来，嘴里还不干不净。他一时气急，扬起拐杖要替艾晓雪爹妈教育孩子，却意外害她扭伤了脚。

“你问我严不严重？我哪里晓得！现在的年轻人，一点苦吃不了。”郭大爷竖起右手，展示仅剩第三骨节的无名指，“看见我这根指头吗？当年检修机器压断的，打了个包扎，第二天继续上工，还能帮忙扛粗纱！我年年是先进，拿过十几回标兵，‘对对红’完成得比谁都好，你到厂里去问问，谁能说我个不是？”

带着吃过苦、受过难的不忿，郭大爷把话题扯到了资本主义对当代年轻人的思想侵蚀上。我费劲往回拽，没聊两句又让他岔开，后半截问话进展得格外吃力，我索性直截了当，问他十二号吵完架后还见没见过艾晓雪。

郭大爷把手一挥：“没有！”

我讶异：“这么干脆？”

“没有就是没有，眼不见心不烦！”郭大爷横眉冷对，“要问这些，不如找楼下小汪，前段时间他家小两口大吵一架，还是我去劝和的，好像就和这小屁娃娃有关。”

住郭大爷楼下的汪氏夫妇三十出头，育有一个六岁的女儿，夫妻双方都有体面的工作，家境不错，目前只是暂住老楼。在办公室，我一眼就能看出汪家谁说了算。汪太太一头棕色短发，梳得精致服帖，早年的杏眼让岁月和眼线笔磨得上翘，往鬓角拉出条锋利的窄三角，眼球永远不知疲惫地四下打转。加上她下巴偏短，衬着两片不比纸厚多少的薄唇，给人的感觉有些盛气凌人。

小李请他们夫妇入座，汪太太“欻”地抽出两张纸巾，擦着椅子冲我们笑：“不好意思，我有点洁癖。不是说公安局不干净，但你们每天办那么多案子，来来往往人多，还是注意点好。”

坐下后，汪太太又将真皮小包搁在腿上，两只修剪着漂亮指甲的手握住包带，就是不往桌上搭，似乎生怕桌面残留着细菌把她沾上。汪先生则全程不说话，只在一旁赔笑。

汪太太说：“我们家啊，跟楼里谁都不熟，本来也不准备在这儿常住，我们在新区都买好了房子，紧靠一中和世纪城小学，我们家孩子以后上的都是精英学校，跟这里的街坊玩不到一块儿，现在住在这儿只是个过渡期。”

我不想跟她展开学区房的话题，举起艾晓雪照片问：“你们最后一次见她，是什么时候？”

汪先生低下头不说话，汪太太悄悄拐了他一肘，面色坦然：“虽然人死为大，我们也不是背后嚼舌根的人，但你们知道她的身份吧？我们家躲还来不及，怎么可能跟她接触？”

“我是问你什么时候见过她，绕什么弯子？”

“哎呀没有，”汪太太有些不耐烦，“都说不跟她接触了，哪里还会见她？孔子都说了，交朋友不能交不如自己的，我也不是歧视下等职业哈，但为人父母，总要给孩子树立一个好榜样吧？为了我们家孩子好，我们夫妻接触的都是精英人群。”

我乐了：“但听说你们夫妻好像因为艾晓雪闹过矛盾？”

汪太太两眼瞪成铜铃：“哎呦，谁造谣呢？你们可不能听风就是雨啊，我们夫妻感情好得很。是，我家先生心肠好，帮她搬过两次大件的包裹，只是帮个忙而已，跟她是八竿子打不着的！”

汪太太说话喜欢吊高嗓门，听得我一个头两个大。我继续问：“那据你所知，艾晓雪有没有什么仇人？”

“你要这么说的话，”汪太太故作沉思，“我知道她跟一楼开小超市的老板娘吵过一架。”

汪先生一愣，似乎想说什么，让汪太太一把掐没声儿了。

我抱起胳膊向她道：“详细说说。”

“能有什么详细的，就是她偷人家东西，让老板娘逮着了，这不就吵起来了嘛。都说可怜人必有可恨之处，看着人模人样，谁知道背地里是什么妖精？”

让汪太太一口锅甩上身的人，正是当时给居委会打电话的中年妇女，三十四岁，在小院附近开了个小超市，生意不错，丈夫在工地上班，儿子上小学五年级。小超市女老板个子矮小、打扮质朴，人却没看上去那么老实。

提到艾晓雪，她连连摆手：“没有没有，同志，你们不要听别人乱讲，我咋个可能跟她有仇？”

“街坊都知道你们不和。”

“我一开超市的小女人，做的是服务行业，每天都笑脸迎人，跟哪个都客客气气的。”

我扯出个笑脸：“有人作证，四月初你和艾晓雪在你开的小超市大吵了一架。怎么的，你需要对峙是吗？”

眼看瞎话编不下去，小超市女老板抓耳挠腮一阵，才干笑着妥协：“哎……同志，这事虽然是个误会，但也不能全怪我呀。”

原来，那天艾晓雪挎着个大包去逛超市，溜达了半天，却什么也没买就走了。小超市女老板琢磨着不对劲，忙检查商品，发现货架上少了好几包零食，她立刻追出门把艾晓雪拦住，要开她的包检查。艾晓雪死活不肯，还张嘴骂人，小超市女老板更坐实了她是贼，扯着嗓门喊来附近街坊，想把她扭送派出所。两人很快由口角冲突上升到肢体冲突，所幸小超市女老板的儿子放学回家，见妈妈跟人吵架，坦承是自己拿了零食和小伙伴分享，只是上学走得急，忘了说。

“我做的是小本买卖，每个月就赚那么一毛两毛，经不起贼惦记。”小超市女老板借口不少，“你说她没偷东西，把包给我看一眼不就行了？我也不是不讲理的人啊，是她一副心里有鬼的样子……”那件事之后，艾晓雪再没去过小超市。

“娃娃小不懂事，她这么大的人了也不懂事？”小超市女老板撇着嘴，“明明开个包就说得清的问题，让她搞得这么复杂。她不来，我还高兴呢！同志，你说的啥子十二号，我可没见过她啊，超市里活那么多，我又不像小刘混吃等死，哪有工夫管别个？”

小超市女老板所说的小刘，大名刘跃，三十二岁，是个社会闲散人，也就是俗称的——混混。审混混比审其他人麻烦，普通人没见过刑警问话的大场面，迫于压力往往会很快交代问题，但几进宫的“老油子”，多深的水都蹚过，坚持贯彻“两不两没”原则：不认识、不知道，没见过、没听过。

无论我问什么，刘跃都把手一摊：“不晓得啊哥，你不要问我啊。”

我拍响桌子：“谁是你哥！我告诉你，有人看见你尾随过艾晓雪，你想干什么啊？”

"哪个张起嘴巴乱讲？"刘跃岿然不动，"证据摆出来嘛！大家都住在这里，她回家我也回家，咋个就成尾随咯？"

"哦，你知道她跟你住一栋楼啊？刚才不是说不认识吗？"

刘跃挠挠眉毛，竟然嘿嘿一笑："哥，我说的认识，是朋友之间的认识。大家住一个坝坝，从来不得说过话，咋个叫认识？"

我皱起眉头看他："跟你嘻嘻哈哈了吗？一栋楼住了半年，你能什么都不知道？"

"真的不晓得。"

问到最后，刘跃还是一个字没撂，倒把我搅得筋疲力尽，焦头烂额地蹲在厕所里抽烟。最后一个进审讯室的，是表妹的房东。这大姐四十八岁，下岗职工，以前在纺织厂当过小干部，家境还算殷实，持有五楼、六楼两套房。虽然不在老楼住，但估计当干部有瘾，天天往老楼跑，邻里的大事小情都爱掺和。与其说是房东，倒不如把她看作居委会的挂名理事。

说起楼里住户，房东简直如数家珍："老郭这个人脾气是臭了点，但心眼不坏，就是跟年轻人处不来。以前儿子女儿还会来看他，可见一次吵一次，后来就不来了。我也说过他，这么大年纪了，就由着小年轻去吧，现在是他们的天下啦！

"五楼的小汪家日子过得不错，是楼里排得上号的'富贵人'。小汪媳妇儿对闺女特别上心，吃喝都是找营养师搭配的呢！外人给的东西不让吃，说是不健康，养得那叫一个精致。有一回小刘喝大了，想拿糖逗小闺女，小汪媳妇儿冲出来就是一个大耳刮子，直接把小刘打懵了。

“说起三楼的小刘吧，也不是啥坏人，就是好赌，手里有俩钱就去打麻将。我说过他啦，三十几岁的人了，不成家像什么样子？他也不听。其实都是狐朋狗友带的，他要是交几个正经朋友，也不至于到处借钱还赌债。小十万的债呢，债主都找上门了。

“一楼开小超市的妹子，可会做生意了，特别有眼力见。火车站附近什么人都有，她跟什么人都能打成一片，人家揣着本生意经呢——不该问的不问，不该说的不说，不该管的不管，安安分分做事，清清白白做人，街坊邻里都爱照顾她生意。”

只有提到艾晓雪，房东才没那么多话，只说这姑娘年纪轻轻生了孩子，不像什么正经人。

听到这儿，我突然岔开了话题：“你有两套房，都没住，五楼那套租出去了，六楼那套呢？”

房东愣了愣：“也租着呢，前几天租约到期，人家搬走了。”

我一个激灵，忙问是什么人。房东犹犹豫豫不想答，还找了个“要保障租客隐私”的借口。我敲响桌子，告诉她现在查的是凶案，如果阻碍了调查，她得担法律责任。

连吓唬带引导磨了半天，房东才松口：“小同志，我可不是要阻碍调查，只是觉得这事儿不重要嘛。”

房东六楼的房子，租给了一个叫高成功的男人。高成功二十七岁，农村户口，在楼里已经住了两年。据房东说，高成功人挺老实，从来不跟人起冲突。看高成功人不错，艾晓雪又一个人拉扯着孩子过日子，她就萌生了撮合两人的念头。

在房东眼里，高成功出身农村，家境贫寒，艾晓雪虽然是城里姑娘，但走了歪路，俩人也算门当户对。如果真能在一块儿，艾晓雪可以帮高成功落户城市，高成功又可以反过来照顾艾晓雪母子，一举两得，好事一桩。四天前，高成功租约到期，以公司搬迁为由退了租，当天就提着行李走了。

说完，房东又补上一句："我虽然介绍他俩认识，可他们进展到什么地步我可不知道啊！我都要五十的人啦，年轻人的感情也不好过多插手嘛。"

结束所有问话时，已经夜里十一点多了。老何叫了一份炒鸡血、几碗板筋盖饭和葱油饭、五十串铁签烤肉，又给小李点了冰镇绿豆汤，我们围着一堆案件资料大口扒拉。

师父问我怎么看，我一口鸡血两口葱油饭，吃得嘴皮子发亮，筷子往高成功照片一点："第一嫌疑人。"

师父却道："其他人呢？"

我咽下饭菜，翻开笔记本逐一谈想法。郭大爷的行为直接影响到艾晓雪的生活，但他的杀人动机不强烈，而且腿脚不好，即便杀了人，也做不到弃尸水箱。汪氏夫妇的表现一看就知道没说实话，汪太太竭力撇清和艾晓雪的关系，急于甩锅他人，反而坐实了她的心虚。刘跃就是个二流子，一问三不知，暂时看不出和案子的关系。小超市女老板虽然和艾晓雪关系恶劣，但杀人动机同样不强烈，如果硬要说，反而是艾晓雪更有可能怀恨在心想杀她。至于房东，人都不住楼里，没什么机会避过邻里耳目杀人弃尸。

坦白说，这几个人都不具备明显的杀人动机。鸡毛蒜皮的邻里矛盾太常见，不会有人为此杀人，更何况弃尸后不逃，还一直使用尸水生活——要么凶手心理素质高度异于常人，要么凶手不在其中。问题最大的，只剩下高成功，他完全有可能趁着租约到期的当儿，杀人弃尸后不引起任何怀疑地离开。

师父靠着椅子想了想，突然开口："刘跃应该跟案子有关。"

"啊？"

"他是个老油条，对审讯习以为常，"师父指着刘跃的照片，"这种人，很清楚什么时候该说什么话。如果他没有牵涉在内，没必要回避一切跟艾晓雪有关的问题。"

我立刻理解了师父的意思，刘跃越是防守得滴水不漏，越表示他担心被抓到把柄。

见我听明白，师父又补充道："还有，你忘了一个人——十三号中午去找艾晓雪的陌生男人。"

我把饭盒一撂，差点给自己一嘴巴子。袁政啊袁政，枉你自诩直觉一流，怎么能漏了这条线！

师父三指捏着烤肉铁签，一边晃着打节奏，一边下令："尸检结果没这么快出来，但线索不能不跟。老何联络高成功，让他到警队协助调查，如果不来，找运营商定位，押回来。小袁小李摸排死者社会关系和案发地周边，把那个陌生男人找出来。"

我们异口同声答"是"，几口吃完饭，抓起资料各自忙活。租约上留满了个人信息，老何要找高成功不难，但我和小李要找那个陌生男人却近乎抓瞎。由于表妹只是匆匆一瞥，记不清男人相貌，画像意义不大。而在鱼龙混杂的地方找一个"无面人"，不定好方向那就是大海捞针。我们决定，先从艾晓雪的社会关系入手。

艾晓雪父亲是个矮小干瘪的男人，我和小李找到他时，他正跟朋友吃小酒，大白天就醉得迷迷瞪瞪，我问东他答西，我问艾晓雪的生活情况，他回家里没有凉席。对着那张酒精上脑的红脸膛，我差点又违反纪律，还好让小李拽住了。艾晓雪的后妈更荒唐，艾晓雪离奇身亡，尸体还躺在法医手术台上，她竟然抱着儿子在麻将馆打牌，别说为一条生命的逝去精神受挫，连象征性的难过都没有。但至少，她还能沟通。那女人招呼着大胖小子别乱跑，夹缝里抽空回答我的问题："说实在话，我确实不清楚她的情况，我和老艾在一起这么多年，也没听她喊过我一声'妈'。这娃娃，拿我们当仇人，根本管不了。"

据后妈称，艾晓雪以前和他们住一块儿，见天不着家，就喜欢跟朋友喝酒蹦迪。后来他们夫妻花钱把她送进职高学技术，一住校，更是一年到头不见面。尴尬的家庭关系，让艾晓雪从他们一家三口的生活中逐渐淡出，变成了一个怪异支棱的符号，谁也不去碰，谁也不想提。直到一年前，艾晓雪职高毕业，交了个男朋友，索性和对方同居了。

去年冬天，她突然抱着尚在襁褓的孩子找上门，要走了老房子的钥匙。孩子的父亲，正是艾晓雪在职高认识的男朋友。据说男方要求她把孩子打掉，但艾晓雪或许是舍不得，或许想借孩子逼男友结婚，总之，等到她终于下定决心去做人流时，已经晚了。操蛋的是，小男友刚刚成年，自己也是个孩子。男方父母不认艾晓雪，给了她两万块钱，打发她走人。娘不疼爹不管，男友还不负责，她拿着钱一个人去医院生产，然后带着尚在襁褓的孩子，搬到了父亲名下的老房子居住。

说到这，艾晓雪后妈总算看了我一眼：“你说我们能咋办？学校也给她找了，房子也给她住了，她就是要叛逆，就是要与众不同，我们能咋办？”

真他妈的。我骂了句脏话，然后在艾晓雪后妈的注视下摆手，表示刚才让苍蝇叮了。告别艾晓雪畸形的家庭，我们赶往职高，在教务处拿到了小男友父母的联系方式。表明身份沟通后，才知道这男孩儿进了一家地方房企集团做物业，去年谈了新女朋友，两人干柴烈火，如胶似漆，早跟艾晓雪断了来往。小李要到小男友的照片，并不符合表妹“斯文瘦高”的描述。

关系最亲密的两个男人都被排除，我正琢磨接下来摸排艾晓雪的同学还是酒友，没想到在学校走廊上，和一个男人擦肩而过。男人个子比我还高出一截，戴着副半框眼镜，怀里抱一摞材料，正急急忙忙往教务处走。我太阳穴一跳，上去就把人拦下了。说来也巧，男人竟然是艾晓雪的辅导员！

得知我们是来问艾晓雪的情况，辅导员把我和小李领进办公室，一面在微信群里给学生发通知，一面给我们倒了凉茶。我见辅导员桌上摆着张他的照片，拍下来发给表妹，两分钟后收到回复：袁哥，就是他！

正值毕业季，辅导员忙得不可开交，直说自己一会儿还得去抓两个没填表的学生，时间不多。

我也不拐弯抹角，单刀直入：“六月十三号，你是不是去找过艾晓雪？”

辅导员翻了翻日历，回答道：“对，我给晓雪带了个好消息。”提到艾晓雪，这个斯文男人笑得很欣慰，“您别看晓雪好像很早熟，其实还是个什么都不懂的娃娃，需要大人领着走。我知道她一个人带个孩子……您知道这事儿吧？知道就好。单身妈妈日子不好过，她在酒吧当托，有时候一晚上喝几场酒，就赚那么点提成，还不安全，我就给她联系了一份工作。”

表妹看见辅导员那天，正是他特意上门劝艾晓雪接下这份活儿。据辅导员称，工作内容很简单，雇主是一对年轻夫妻，都在奔事业，没时间照看上小学的孩子。艾晓雪只需要在周一到周五，每天下午去学校接孩子放学，把孩子送到补习班上课，课程一个半小时，结束了再把孩子送回家，饭菜都不用做。虽然每月才一千五，但一点都不累，满打满算一天最多工作三个小时。

辅导员说：“一开始晓雪不愿意，我知道她的想法，她觉得人家小康家庭，看不上她，不想去自讨没趣。我做了半天工作，对她说：‘晓雪啊，你还年轻，花一样的年纪，是不是？不能自己给自己戴有色眼镜啊，只要愿意去努力、去改变，完全能把日子过得红红火火。’直劝到下午，艾晓雪终于同意试一试。我就把雇主电话发给她，让她主动联系对方，积极一点，约好时间去上班。”

那天之后，辅导员忙得脚不沾地，也没来得及过问艾晓雪工作情况，只觉得她既然肯干，总是有了生活的希望。他说得诚恳，谈话期间，还有几个职高孩子进来找他，这个问成绩怎么查，那个询问某家实习单位能不能去。看得出来，辅导员在学生心目中地位很高，哪怕是那些头发染得五颜六色、看着吊儿郎当的孩子，也都愿意找他解决困难。

我问：“艾晓雪已经毕业了吧，你对毕业生也这么照顾，不是要忙死了？”

辅导员长叹了口气：“晓雪这孩子，就是一时走错了路，如果家里人能多关心关心，她也不会小小年纪就当妈妈……我看她陷进泥沼里，有能力把她拉出来，为什么不去帮呢？对了，晓雪是不是犯了什么错？她还是个孩子，心眼不坏，您要是能帮，就帮帮她吧。”

小李看了我一眼，轻轻摇头。我知道她心细，只得把艾晓雪的死讯咽回肚子里，给辅导员留了句话：能碰上你这样的老师，是学生们的幸运。

离开职高后，我们收到了艾晓雪的尸检报告。据鉴定，艾晓雪右脚踝骨错位，致命伤有且仅有一处——她的后脑存在大面积淤血，但颅骨并未严重破损，应该是遭受重击后引发脑疝，血块挤压造成脑组织错位致死。与此同时，小李接到老何消息：高成功归案了。

坐在审讯室，高成功抖成筛糠，屁都不敢放一个。

老何才诈了两句，这个从异地押回来的男人就忙不迭喊冤：“公安大哥，不是我，真的，不关我的事，你们不能冤枉我，我是我们村的骄傲……”

“我管你是哪儿的骄傲！”我一拍桌子，“没杀人你跑什么？”

“我真的没杀人，我、我只是把她扔水箱里了……我什么都没做过……”

高成功的心理素质，的确不像有胆子杀人。今年开春时，经过房东大姐介绍，高成功认识了艾晓雪。得知艾晓雪有孩子，他其实挺埋怨房东，试想自己一个大好青年、女人眼里的“潜力股”，恋爱都没谈过几次，凭什么给别的男人接盘？不过接触几次后，高成功发现，艾晓雪似乎有恋父情结。说好听点，她特别依赖高成功，或许是自小缺乏父爱，她虽然能自己拿主意，但大事小事都喜欢问高成功的意见，对他可以说是千依百顺。说难听点，高成功觉得艾晓雪是个“蠢姑娘”，即使在城里长大，他也能拿捏住她。一段感情里，一方如果低到尘埃，另一方必然被捧上天，再也下不来。高成功就是那个被捧上天的。

“我们就是玩玩，”高成功如此形容他和艾晓雪的关系，“其实大家心里都清楚，她想要成熟男人照顾，我也想有个女人。各取所需嘛。”

高成功根本没想过和艾晓雪结婚，但好在她还算干净，比起出去嫖，他心理上舒服得多。总之，两人竟然都没建立情侣关系，只是上床。高成功清楚地记得，六月十三号他调休，中午出门吃饭，看见一个陌生男人来找艾晓雪。想到街坊邻里传的闲话，即使他知道艾晓雪不是性工作者，但毕竟两人有了恋人之实，艾晓雪竟然背着他叫别的男人上门——用他的话说——“那就是不把我放在眼里嘛”。心头不快，高成功就琢磨晚上和艾晓雪好好唠唠这事儿。

我见过辅导员，那男人虽然清瘦，但个子确实唬人。高成功怂成这样，用脚趾头想都知道，他不敢当面跟人起冲突，只能把一腔怒火撒在艾晓雪身上。当晚十一点半，高成功收到艾晓雪的一条微信，称和朋友在外喝多了，又说前一天崴伤了脚，想让他去接她。高成功当时在洗澡，没注意手机，等他看到信息时，已经过去了半个小时。他忙换上衣服出门，刚出小院没多远，就看见艾晓雪一瘸一拐地走回来。他忙上前去扶，直问怎么回事，艾晓雪只是撒娇，央求他背她回家。

高成功解释道："我那时候就想问她中午的男人是怎么回事，但她一嘟嘴一撒娇，我就心软了，就把她带回了我家。"

"为什么不送她回家？"

被我一问，高成功惊慌失措地咽了口唾沫："就是……就是大家都有那个需求，她趴在我背上，热腾腾的、软……公安同志，我没有强迫她！我们早就睡过了，她也愿意，要是她不愿意，我还有大好前程，不可能栽在这种事情上！"

两人回到高成功家，干柴烈火地上了床。只是办事过程中，艾晓雪一直说头痛，但高成功哪里顾得，只是以为她醉酒难受，根本没当回事。没想到，艾晓雪就这么死在了床上！高成功吓坏了，他根本不知道发生了什么，唯独清楚一件事：艾晓雪死在他家，身上还有他的体液。

"我从小就是我们村的骄傲，大家都说我脑子灵光，以后肯定有出息。"高成功反复强调，"我真的不能背上杀人的罪名，这婆娘……简直毁了我！"

脑子一热，高成功就想到了弃尸。他扛起尸体想往楼下搬，却听见楼下有人走动。为了不被人发现，他只能往楼上走。上了顶楼，他就把尸体扔进了水箱。之后，高成功在家里躲了两天，发现好像没人意识到艾晓雪失踪，便渐渐放宽了心。他和房东签的是半年租约，刚好六月份到期，于是他连夜收拾东西，匆匆搬走了。

高成功急于洗清嫌疑，细节撂得过分清楚，要不是我连拍桌子让他说重点，他能把性爱过程都抖出来。我和老何对视一眼，都有些丈二和尚摸不着头脑。

我问："你没打过她？"

他几乎吓尿裤子："我对天发誓！我们就是上床，我又不是心理变态，怎么可能打她？她扭伤了脚，我还特意不去碰她那条腿，就是怕她痛……求求你们相信我，我真的没有杀人……"

我又问他："弃尸之后，你难道没想过孩子孤身在家，失去了母亲的照料，只有死路一条？"他却称，艾晓雪偶尔会把孩子托给朋友带一晚，好留出时间陪酒挣钱。那天，他见艾晓雪只嚷头疼，也没提过孩子，所以他以为孩子在她朋友那儿。老何冷笑一声，说他就算知道，恐怕只顾脱罪，压根不会管孩子。但无论高成功怎么看待孩子的下落，他的确不像凶手，因为对于弃尸的罪行，他认得干脆利落——如果他足够聪明，懂得用弃尸罪掩盖更严重的杀人罪，打我们一个反逻辑，也不至于蠢到当晚就把尸体扔水箱。艾晓雪之死的真相，还得往前推。

根据高成功的口供，艾晓雪回家必然经过小超市。虽然老居民区设施简陋，但人流复杂，以小超市女老板不肯吃亏的性格，她应该装了监控，或许能拍到什么。果然，我和老何赶到时，小超市大门上明晃晃一枚摄像头。但女老板却告诉我们："同志，监控早就坏咯。"她笑脸迎人，直说摄像头就是个摆设，吓唬吓唬小混混，根本没连线。

我扬起眉毛："你一会儿说坏了，一会儿说是假的，到底哪句是真话？！"

老何语重心长地说："妹子，知道你不容易，一个小女人操持一个超市，吃了不少苦吧？"老刑警在人堆里摸爬滚打多年的技能，终于派上了用场。老何告诉小超市女老板，我们既然来调监控，就表示掌握了足够的线索，如果她不配合，最后查出来跟她有关系，那她很可能被控包庇罪，是要判刑的。她要是进去了，小超市怎么办，儿子怎么办，她这个苦命的小家庭怎么办？

老何动之以情，而我晓之以理加拍桌："知不知道根据《中华人民共和国人民警察法》第三十四条规定，人民警察依法执行职务，公民和组织应当给予支持和协助。配合公安机关调查是每个公民应尽的义务，你是不是想违法？"

几句重话出来，吓得女老板连说配合配合，但发誓摄像头真没拍到什么。我和老何调出监控，依照高成功接到艾晓雪的时间，往前推了几分钟，果然看见艾晓雪背着包，摇摇晃晃地从小超市门口路过——后面竟然跟着刘跃！

由于附近有商圈，小超市一向营业到十二点，夜里还能赚几笔关东煮、啤酒和充电宝钱。事发时女老板还没打烊，所以摄像头不仅拍到了刘跃，她也目睹了刘跃又在尾随艾晓雪。

我问女老板："你既然看见了，为什么不提醒艾晓雪一声？"

她绞着手指，面露苦相："哎哟，我哪晓得他要干啥子嘛。再说你们也晓得小刘不是善茬，万一他报复我，我一个小女人不是更危险？"

我皱起眉头："你哪怕把她接到超市里呢？"

"我又不像你们，是五大三粗的男人，我也害怕嘛。火车站本来就乱，啥子事都有，我管一次，还能次次管啊……”

在监控尽头，艾晓雪走出画面没多久，刘跃就朝她蹿了上去。过了没多久，刘跃重新出现，只见他用上衣蒙着什么东西，紧跑几步消失在画面另一头。艾晓雪跟在刘跃身后，努力追了几步。但因为脚上有伤，又踩到一块突出的石子，她一个趔趄摔坐在地，指着刘跃逃离的方向喊了些什么。

我从镜头中观察到，艾晓雪的神智似乎有些不清醒，她坐在地上嘀嘀咕咕了好一会儿，才吃力地爬起身，一瘸一拐地再次走出画面外。女老板表示，她只看到刘跃尾随艾晓雪，不想惹事，就收拾货架去了。后来艾晓雪尸体被发现，她忙调出监控，才知道那天晚上刘跃和艾晓雪有过接触。

我厉声问女老板：“这些情况你为什么不早说！”

“我……我没想到这么严重嘛。”

不是没想到这么严重，是不想惹事。除了艾晓雪，她不敢得罪这附近任何一个街坊。我清楚这女老板在想什么，万一刘跃跟凶案没有直接关系，万一他知道是她提供的线索，万一他转头来找她麻烦——惹上这种混混，她的生意就不好做了。只是因为这些万一，她没管还活着的艾晓雪，也没管已经去世的艾晓雪。

离开小超市时，我点了根烟：“这都是什么破事。”

老何突然摆起了前辈的谱：“柿子只能挑软的捏，硬的有毒；人也只能挑软的欺负，硬的伤身。你刚工作几年，到我这个年纪就知道，人啊，光靠道德管不住。”

我没接话，和老何一起把刘跃二次押回队里问话。坐进审讯室，刘跃还是那副一问三不知的态度，两手一抱，闭着眼睛在椅子里打瞌睡。我被这一连串调查搅得格外疲惫，也不想跟他多说，把监控内存卡往桌上一撂，开口诈他。

“别装孙子，你干过什么，这里面拍得清清楚楚！”

刘跃瞬间睁开眼，错愕地看看内存卡，又错愕地看看面色不善的我，懊恼地“啧”出一声，随即换上张笑脸：“哎哟，哥，大哥，有话好好说，你们想知道啥？我都说，”他装模作样地举起手，“我交代，我坦白从宽。”

刘跃是个滥赌鬼，又没工作，已经背了十来万的债。他一门心思想搞快钱，可实在没本事又没胆子，做不出打家劫舍的大案，就把主意打在了独居的艾晓雪身上。

刘跃说：“他们都说她是鸡。”

我拍响桌子：“嘴巴放干净点！”

他吓得一哆嗦，赔着笑脸点头：“哥，不是我说的嘛，大家都说她……哎呀，反正就是有男人养。我也觉得，我在酒吧街看见她好几次了，大半夜不回家，穿得简直……反正很那个嘛。”

他认准艾晓雪做着不正当职业，兜里肯定有钱，早就想从她那儿弄一笔花花。有一回，刘跃路过酒吧街一条窄巷，看见艾晓雪从废纸箱里偷偷摸摸拎出几瓶洋酒，揣进了自己的包，当下就明白怎么回事。用假酒调换真酒，把真酒顺出去偷卖赚钱，在街面上不是新鲜事。刘跃当即拍了几张照片，拿着照片就去找艾晓雪要钱。

“我也不贪心，”刘跃义正词严，“看她可怜兮兮的，五五分成就行，我还答应帮她找卖家呢！”

艾晓雪带着孩子，日子过得不容易，她不知道刘跃其实根本没摸清她在哪儿上班，只知道但凡这事儿被捅破，别说工作保不住，老板可能还要让她赔钱。没办法，她只能给刘跃一笔封口费，看着他把照片删了。

事发前一天，刘跃又被债主堵在巷子里要钱，好说歹说才求得对方宽限几天。时间是有了，可钱还是没着落。他漫无目的地在街上乱晃，凑巧的是，事发当晚他又在酒吧街碰见了艾晓雪。她走路摇摇晃晃，像是喝得很醉。想到之前那么轻松就从艾晓雪手上搞到钱，刘跃的手机会自动保留三十天内删除的照片，他当即打开手机恢复了照片，想着再讹艾晓雪一笔。

刘跃举手发誓:“我真的只想要钱，其他什么也没干！我要是说假话，出门让车撞死，天打雷劈！”

我不想讨论刘跃应该被车撞死几回，让他好好交代问题。刘跃称，他也不想在小超市监控范围内找上艾晓雪，毕竟干的事不那么见得光，总得避避耳目。可他一路都没找到合适的机会，而艾晓雪要是再往前走，就该进小院了，院里都是街坊，更不得下手。迫不得已，他几步追上艾晓雪，将她拦了下来。得知刘跃还有照片，艾晓雪气得眼眶都红了，破口大骂，绝不肯给钱。刘跃不知道她哪儿来的胆子，只知道老招没用，眼见艾晓雪挎着包，直接抢过来揣进卫衣里，裹着就跑。艾晓雪追出几步，实在撵不上野狗似的刘跃，在监控镜头内摔了一跤。

跑出老远，刘跃才敢停下来看“非劳动所得”。艾晓雪包里有一部手机、一个钱夹，还有几件首饰。刘跃把钱和手机拿了，没想到手机突然发出警报，他急忙将手机关机，把包扔在了附近的河道，就去约狐朋狗友搓麻将，想一把翻本还债——当然，又是输了个底儿掉。

我有些诧异:“手机发出警报?”

刘跃忙不迭点头:“响得老大声了，差点把我吓死!”

老何问:“手机呢?”

刘跃答:“卖了，三百块钱嘿嘿。”

我气不打一处来:“嘿你个头啊!你打没打过艾晓雪?”

刘跃哭天抢地:“没有!真的没有!我打她干啥?她醉得路都走不稳，我只是要钱，包到手了没必要难为她嘛!”

监控显示，刘跃抢完包后，艾晓雪是自己没站稳才摔倒的。但不能排除刘跃再起歹念的可能，为了不被艾晓雪指认，他或许又回头威胁过艾晓雪，两人再次发生争执，他一怒之下打伤了艾晓雪。可艾晓雪走出监控画面的时间，只在高成功接到她几分钟前。加上和刘跃打牌的人表示，当天他夜里要到火车站接人，所以一直关注着时间，刘跃到麻将馆的时候，距离抢包不过十几分钟。

师父联络了辖区派出所同僚核实，从小超市到麻将馆，步行差不多就是十几分钟。线索到这儿，竟然又断了。我捂着脸坐在会议室，面对满桌物证袋，脑中绞成一团乱麻。师父给我递了杯茶，让我梳理现有的线索。我只得用力抹把脸，把高成功、郭大爷、汪氏夫妇、刘跃、小超市女老板、房东和辅导员的照片一字排开，又把艾晓雪的照片放在最上方。

“现在咱们摸清楚的时间有三段。第一段，六月十二日，也就是案发前一天。当天下午，艾晓雪和郭大爷因为垃圾的问题发生争执，艾晓雪意外扭伤了脚，郭大爷和我表妹可以互证，这段没什么问题。

“第二段，六月十三日，也就是案发当天的中午。艾晓雪的辅导员上门，给艾晓雪带了个好消息，劝她好好生活。辅导员上门，有我表妹、高成功的证词可以佐证，聊完后辅导员就走了，根据后续接触，他的嫌疑可以排除。这段也没什么问题。

“第三段，六月十三日晚。艾晓雪从酒吧喝完酒回家，经过小超市时，被刘跃抢了包，因为前一天崴过脚，她追刘跃时摔倒在地，但监控可以看到并不是后脑着地，致命伤显然不是这时候导致的。刘跃逃跑之后，艾晓雪起身往家走，两分钟后和出来接她的高成功碰面，被他带回家并发生关系，四十多分钟后艾晓雪死亡。高成功为了脱罪，弃尸天台水箱。”

我敲响桌面：“这一段看起来也没什么问题，那艾晓雪究竟是怎么受的伤？”

师父喝口茶道：“两点，第一，高成功弃尸时已经过了凌晨，郭大爷在家睡觉，刘跃在打牌，小超市的女老板还在超市，你表妹当天九点多就回了家，一直在看偶像剧。那动静是哪一户发出来的？第二，高成功、女老板、刘跃都称艾晓雪当晚醉得不轻，她在酒吧街和谁喝的酒，为什么喝得这么醉？”

老何接话：“那辅导员不是说她在酒吧当托？可能是跟客人喝的？”

我一个激灵弹起身：“难道她在酒吧跟客人起过冲突？”

师父不置可否：“跟进这两条线，当天肯定还发生过其他事。”

当天的确发生了其他事。但为了摸清这件事，花了不少工夫。酒吧街离火车站不远，几百米的路，错落着大大小小好几十家酒吧、酒馆、KTV、舞厅和夜场。虽然辅导员称艾晓雪在酒吧当托，但究竟是“酒吧”还是“夜场”，他也说不清。为了不遗漏线索，老何以刘跃碰见艾晓雪的巷子为圆心，辐射方圆五十米范围，带着弟兄一家家摸排。

鸡蛋不能放一个篮子里，线索不能在一条路上摸。老何摸排的同时，我去了电讯企业，调取艾晓雪六月十三日的所有通话记录，然后一个电话接一个电话打过去问情况。其中，三个是外卖和快递电话，一个是辅导员电话，两个是诈骗电话，还有一个竟然是辅导员介绍的年轻夫妻。

电话那头的女人显得很不愉快:“没错，她给我打过电话。毕竟是给孩子找接送人，虽然是熟人介绍的，我也得先见见不是？就跟她约了周日下午在我家见面，算是面试吧。”结果到了六月十四日，夫妇二人在家等了半天，也没等到艾晓雪上门。再给艾晓雪打电话，已经关机了。女人还表示，这事儿她早就知道不靠谱，职高毕业的人，没几个能好好工作，但因为是熟人介绍，她也不好追责，这事儿就这么算了。

挂断电话，我心里有点不是滋味。本来，如果女人联系辅导员，辅导员发现联络不上艾晓雪，以他的性格，可能会上门找艾晓雪，或许……孩子就不会因为母亲死亡没人照顾，死在婴儿床内。但世上没有后悔药，如果永远只是“如果”。这头被堵死，我只能转头再跑一趟职高，从艾晓雪的同学入手，看看能不能找到跟她关系特别好的朋友。

等终于辗转联系上艾晓雪一个闺蜜时，那女孩儿感到很吃惊："十三号吗？晓雪没跟客人喝酒啊，她一直跟我们喝呢！"

把这女孩儿请到队里，她一头雾水，连问艾晓雪怎么了。我问她既然是闺蜜，为什么半个月来不联系艾晓雪。她耸耸肩："我们的关系就是这样啊，要喝酒的时候摇人，不喝其实也不怎么联系。我这段时间被我爸逼着找工作，忙得快吐血，只跟两个特别好的哥儿们喝了两场。再说了，十三号那天，晓雪说她找了份新工作，以后就不当气氛组了，她要留时间带孩子。"

据女孩儿称，六月十三日还是艾晓雪约的她，她叫上几个朋友，一行四五人去酒吧喝酒。艾晓雪那天特别高兴，直说自己的日子即将步上正轨。女孩儿一问之下，才知道辅导员给她介绍了工作，还跟她说人生本就不太平，她错过，也肯改，未来一定会越来越光明。

"晓雪以前喜欢辅导员，"女孩儿笑着挤眉弄眼，"虽然她现在交了新男朋友——好像姓高吧——但听到曾经的心上人这么说，她肯定干劲满满啊。我无所谓，只是少了个酒友，她要是真能过得好，我也替她高兴。她前男友太浑蛋了，连亲生的孩子都不认。"

女孩儿透露，她曾经提议把孩子偷偷送去孤儿院，但艾晓雪就是个傻姑娘，死活不肯，还说孩子有妈，不是孤儿，不能当孤儿。为了照顾孩子，艾晓雪特意买了婴儿监测器，又在手机里下载了一个配套的应用程序，据说只要孩子一有动静，手机就会给她发警报提示。

好几回，艾晓雪还在酒吧拼酒，手机响了，她也不管客人乐不乐意，提起包就往家赶。也正因如此，虽然她兢兢业业当托，却赚不了几个钱。事发当天，手机一直没响，艾晓雪还说这是个“幸运之兆”，预示着她的未来会平平坦坦。但一伙人离开酒吧时，艾晓雪和人起了争执。

那天艾晓雪酒喝得有点多，一直嚷嚷“要在开启新生活前最后疯狂一次”，在酒吧门口和朋友打闹了起来，无意中撞倒了一个五六岁的小女孩，害她磕伤了胳膊。那孩子的父母看起来三十多岁，好像和艾晓雪认识。

女孩儿夸张地表示：“那个当妈的简直就是个泼妇，其实就是点擦伤，送医院迟一点都能自己长好，但她特别凶，劈头盖脸把晓雪骂了一顿。”

艾晓雪被骂，朋友自然上去帮忙，又和孩子父亲起了冲突，差点打起来。听到这儿，我太阳穴一跳，突然想起师父提到的第一点：楼下的动静是哪一户发出来的。我联络老何，调取当天艾晓雪去的酒吧的监控，同时通知汪氏夫妇到队里配合调查。在队里，汪太太抵死不认，非说没见过艾晓雪，倒是汪先生显得很犹豫。

我把两人分开，跟老何一起询问汪先生。我故作严肃，就是想诈出他的实话：“案子到了这份上，线索基本都掌握了，有人清楚看见你们夫妻和艾晓雪发生冲突。现在向你问话是给你机会，如果还不配合，根据目击者证词一样能抓你们！”

汪先生皱起眉头，低着头沉默不答。

老何看出他在动摇，直言道：“你心肠好，看艾晓雪一个小姑娘不容易，还帮她搬包裹。现在她尸骨未寒，只等一个公道，你就不帮帮她？”

汪先生显得格外挣扎："同志，我……如果我说了，你们不会冤枉我吧……"

我把身子往前探，逼近汪先生："这叫什么话？警察办案讲证据，谁做了什么都要有证据支撑，不可能随便冤枉人。"

汪先生犹豫再三，终于松了口："同志，那天我们确实见过她，但真的没对她做什么。"

原来，事发当天，是汪先生汪太太的结婚纪念日，他们将女儿放在汪太太母亲家，烛光晚餐结束后去接孩子，回家正巧经过酒吧街。孩子年纪小，底盘不稳，让艾晓雪一撞，摔在路肩上磕了个口子。汪太太把孩子看得比自己的命还重要，当即就上火了。虽然艾晓雪道了歉，但汪太太一直膈应汪先生替艾晓雪搬包裹的事，刚好借题发挥，把她骂了个狗血淋头。

汪先生看气氛紧张，本想从中调和，没想到一帮艾晓雪说话，越发激怒了汪太太，她也不管孩子还在，当街指着丈夫带艾晓雪一块儿骂。艾晓雪的朋友上前帮忙，汪先生插进人堆里要保护太太，多少跟对方有些肢体碰撞。可能是喝了酒的缘故，艾晓雪有些站不稳，推搡间，也不知谁撞了艾晓雪一下，直接把她撞倒在地。

"她朋友马上就去扶她了，"汪先生讲得诚恳，"我那会儿要是再上去，我太太非撕了我不可。我看她没受伤，也不想跟一帮孩子吵，再说我女儿还看着呢，就拉着我太太离开了。"

那之后，汪先生马不停蹄去买了支玫瑰给汪太太赔不是，说了一箩筐情话，加上女儿在旁边助攻，才终于让汪太太消了气。他们回家的时候，已经凌晨了，女儿半路就困得不行，还是他抱上的楼。

我问汪先生之前为什么不说实话，他支吾一阵，叹了口气：“同志，你也知道，我们在这儿住不了多久，很快就要搬了，真的不想跟楼里的住户有什么瓜葛。我太太特别重视孩子教育，对孩子三令五申，不能跟坏人交朋友，要是我们自己不做好表率，牵扯些不清不楚的关系，会影响孩子的……”

当街吵闹、撒泼耍混、谎话一套接一套，就不会影响孩子了？只不过这话，我实在懒得跟汪先生说。即使他知道这么做不对，他也没法把孩子从汪太太羽翼下抢出来。另一边，老何拿到了当晚监控视频，我们围在电脑前，看着画面呈现的内容，五味杂陈。如汪先生交代，当晚艾晓雪撞倒了小姑娘，双方发生冲突，艾晓雪的朋友被汪先生推了一把，倒退时正好踩在艾晓雪带伤的脚上，她疼得一抽，重心不稳摔倒。随后，两拨人相继离开酒吧街。

但问题就出在艾晓雪摔倒的那一下。虽然占道经营明令禁止，但相关部门下班后，不少酒吧为了招揽客人，会在门口摆些桌椅，上面撑开几把大伞作凉亭用。当晚他们去的酒吧门口就有这么几把大伞。而艾晓雪倒地时，后脑竟重重地磕在了大伞的石质底座上！

在某些特殊情况下，虽然外观没有伤口，但大脑可能已经严重受损，坏事就坏在这里。艾晓雪后脑没有出现外伤，所以根本没有在意，摇摇晃晃往家走，半路被刘跃抢了手机，没能第一时间回家看孩子，最终死在高成功的床上。母亲离世，孩子被扔在家里无人照管，只撑了两天便活活饿死。一系列的偶然，促成了一个荒诞离奇的案子，将艾晓雪和无辜的孩子推向了死亡。

结案后，我给表妹打了通电话，告诉她楼内没有发生凶杀案。

“不过……”我犹豫了一阵，“我还是建议你换个地方住。”

小丫头搬家时，我去搭了把手。老楼在阳光下矗立着，将阴影投向小院，如同一头藏污纳垢的庞然巨兽，为一重重恶意提供着肥沃的土壤。郭大爷直接将一袋垃圾从五楼扔下来，差点砸中路过的汪太太和她女儿。汪太太一边安抚受惊的孩子，一边放大音量咒骂“老不死”。郭大爷探头回骂，但骂声的分贝又不及汪太太，气得往楼下吐痰。小超市的女老板端着面碗在旁边看，好似这一切全然跟她无关……

这些普普通通的居民，除了弃尸的高成功和勒索、抢包的刘跃，都没做过伤天害理的事，但他们放纵每一个小恶，累积成长为吞噬生命的恐怖怪物。然而，法律拿他们无可奈何，不能给他们内心的丑恶定罪。

开车送表妹时，她接到了房东的电话：“闺女，外面房子可贵了，你再想想啊，如果以后还想回来住，就找大姐，姐给你安排。还有上次给你介绍的那个男孩儿，人家在政府上班，跟你很配的，他说你没回他微信，你不喜欢他啊？”

表妹看了看我，随口撒了个谎：“姐，我有男朋友了，谢谢你啦。”

06

天生犯罪者

十二年前，我三十四岁，在刑警队待了七八年，后辈敬重，叫我一声“何哥”。那天，队长曹寅突然招来个警校实习生，年轻人叫杨锐，混在一众吞云吐雾的老干警中间，低眉顺眼，寡言少语，活像个误入成人社会的学生仔。他打响名头的一战，只有我和曹寅看完了全程。那件诡异的案子一结束，曹队就把他叫进办公室谈了三个多小时。那时，我叫他小杨。现在，我叫他杨队。

三月八日下午，市气象台发布冰雹橙色预警信号，预计未来六小时市内多地区及部分乡镇可能出现冰雹天气。当日深夜，夹杂着冰雹的暴雨如约而来，雨势浩大，临郊多个派出所接连打入求助电话，忙了几乎一整夜。

次日上午九点，队里接到警情：北郊发现一具无名女尸，死状惨烈，报案人吓得魂不附体。尸体藏在矮树林里，距离土路二十多米。前一晚的大雨冲塌山包，露出了一截红鞋子，尸体才被报案人发现。但大雨也破坏了尸体上的多数痕迹证据，加上道路泥泞，无法提取脚印，可采集的线索非常有限。

女尸穿着孕妇棉服，衣裤全是血，呈大字形倒在地上，颈部留有明显勒痕。曹队道声“得罪”，拨开衣服下摆，我们这才看清，尸体肚子竟被利刃竖向剖开，腹中胎儿已然遗失！

看着这番惨相，饶是初春，我也惊出了一身汗，倒是小杨比预想的冷静。经排查，现场没有遗留凶器，也没有能够证明尸体身份的信息。十二年前不像现在这么发达，指纹、DNA 的数据库和天眼系统都不完善，只能用土法子——辨认尸体特征，核对失踪人口报案记录。

女尸三十岁上下，面容白净，明显是室内工作者。棉服口袋里有一张洗过的小票，只勉强认出购买了狗皮膏，六片一盒；另有一支聚乙烯醇滴液和一小瓶红花油，都已经用了一半。只有这么点信息，很难确定尸体身份。

小杨却提了一句:“何哥，会不会是会计？”

这话把我说蒙了。

他指着聚乙烯醇解释:“这是一种人工泪液，一般用来改善眼部干燥。狗皮膏药可以消肿止痛、活血祛湿，但孕妇忌贴腰腹，如果被害者买来自用，应该是贴手脚或肩颈。加上取证的时候，我发现她右手毛衣的袖管处，残留有红花油的污渍。”小杨总结，以死者的年纪，同时患有干眼症、颈椎病和腱鞘炎，是会计的可能性很大。

“当然，”他补充道，“只是猜测。”

小杨的猜测过于大胆，病症无法确认，凭这个推断女尸身份，很容易干扰办案思路。我感觉他还观察到了别的东西，但他话不说满，显然在留后路。让人意外的是，四天后，一位老太太报案，称联系不上儿媳妇。失踪者叫苗青，二十八岁，怀孕已有三十五周，职业正是某地产集团会计。

几乎同时，巡查人员在距案发现场三公里外的另一片小树林内，发现了一名弃婴。孩子是早产，尸体瘦小干瘪，被棉麻床单裹着，身上干干净净。经 DNA 比对，正是苗青腹中遗失的女胎！

通知老太太认尸时，苗青的丈夫才从外地赶回来。他是个小包工头，在县上接了活，春节后就去了项目场地，只和老婆通过两次电话。本来，老太太准备节后搬来市里，照顾儿媳待产，但老伴意外摔坏了腰，等她处理好家里的事，已经联系不上苗青了。

苗青的丈夫大她八岁，生了张苦力人的黑脸膛，一双手布满老茧和疤痕。他低头捂着脸，指缝里全是泪："咋回事呢？过年都好好的，我就是出去做了趟活，咋个回来人就没了？娃娃也没了……咋回事嘛？"

咋回事呢？一句问话，沉甸甸地撞在所有人心坎上。尸检报告显示，苗青死于三月八日晚八点到十点，双手上臂有大片瘀痕，死前服用过安眠药，死亡原因为机械性窒息。凶器不是绳索、皮带等硬物，更像是围巾、长毛巾这样的软布料。

苗青的胃里有没消化的草莓，我和小杨以案发现场为圆心，辐射周边，在六公里外，摸排到一片新建的草莓园。老板看过照片后表示，案发当天，苗青是和另外两人自驾去玩，一个是个腿脚略跛的男人，另一个也是孕妇。两个孕妇几乎全程闲谈，男人鞍前马后，又是摘草莓，又是递水，看起来其乐融融。大概六点后，三人没吃晚饭就离开了。

曹队敲响黑板，上面贴满了便签条：“这两个人肯定是苗青的朋友，为什么留她一个人在郊外？是发生了什么，苗青要求下车？还是两人合谋杀了她？”

不论凶手是谁，第一要务就是找出那两个人。苗青的手机遗失，她丈夫忙于工地，对老婆的社交圈并不熟悉，我们只能从地产集团入手，排查和她走得近的男女。很快，目标锁定在一对年轻夫妻身上。

男的叫李光吉，三十一岁，置业顾问，和死者苗青属同一家公司不同项目部。因工作关系，两人接触频繁。据同事称，李光吉是个大暖男，知道苗青有干眼症，还送过她一瓶眼药水。女的叫姚婷，二十八岁，目前无业。李光吉出生寒门，姚婷则是书香门第，两人同校，李光吉大姚婷两届，曾任院团委副部长，备受姑娘们青睐，姚婷便是其中之一。

我和小杨找上门时，只有李光吉在家。他右手缠着纱布，正在做饭，开门的时候，手里提了把寒光四溢的菜刀，逼得我差点掏枪喊“别动”。让我们进屋后，李光吉回了趟厨房，放下菜刀后将门带上。我也不讲客套，直截了当问他三月八日当天的行程。

李光吉相貌端正，或许是职业需要，笑起来很亲切：“妇女节嘛，我带婷婷和小苗去草莓园玩。出发时间大概是中午一点，那天特别堵，快两个小时才开到地方，一直玩到六点过。”

我问：“你们是一起回的城吗？”

李光吉却摇头：“小苗跟我们分开了。本来我们要去农家乐吃饭，但我突然接到加班电话，那是个大单，客户催着签合同，我得马上赶去项目上汇总材料。小苗不想耽误我工作，就说自己打车回去，让我和婷婷先走。”

我皱起眉头：“苗青是个孕妇，你就放心留她一个人在郊区？”

李光吉笑得有些尴尬：“我知道这不太礼貌，但小苗家和项目在两个区，我带不了她。而且她下车的地方不远处就有一条大路，打车不是很困难。我着急走，也就不跟她客气了。”

放下苗青后，李光吉送姚婷进市区，姚婷自行回家，而他驾车前往项目，忙到将近十点。考虑到陪客户可能会饮酒，李光吉没开车，而是带着材料打车去了约定的夜总会，纸醉金迷到凌晨。他担心回家吵醒姚婷，就在附近酒店开了个房，一觉到天亮，次日才驾车回家。

“谁知道，婷婷以为我花天酒地去了，”李光吉一脸苦相，“那天确实有几个小姐，但我真的什么都没干，只是衣服上蹭了点香水味。婷婷揪着不放，跟我大吵一架，一气之下提着行李回了娘家，现在都没哄好。你看我这手，就是跟她吵完架，一生气把车玻璃打碎了划伤的。”

话到这儿，线索似乎断了。

小杨却突然冒出一句：“李先生很会养花？”

我和李光吉都是一愣。他反应比我快，扫了眼茶几旁的花草，推说只是爱好。打进门起，我就留意到茶几旁放着几盆花和两个空花盆，其中一株君子兰尤为惹眼，肥厚的叶片上支着朵红艳艳的花苞，土壤新鲜湿润，显然刚换过。

小杨意味不明地点点头:“君子兰不容易开花，这一盆花苞这么漂亮，肯定精心打理了好几年。”小杨的发言没头没脑，我刚想打断，就听他补上一句，“养得这么精，应该知道花蕾期不能换盆吧？”

一句话，让我本能地起了一身鸡皮疙瘩。我立刻想起苗青的丈夫曾提到，她有一条丝巾，冬暖夏凉、物美价廉，平时很喜欢戴，但在她死后丝巾就不见了。没等李光吉反应，我探手搅开土壤，果然翻出一撮没有完全烧尽的纤维！

与此同时，小杨起身向厨房走去。李光吉顾不上我，噌的一下弹起身，横拦在小杨跟前，怎么都不肯让他往里进，非说刚才在炒菜，抽油烟机坏了，厨房里全是油烟。我戴上手套，吩咐小杨硬闯。李光吉哪里是警校生的对手，三两招就让小杨按回沙发。我指着他，呵出一声“老实点”，吓得他打了个颤。

几分钟后，小杨提出一套厨房刀具，告诉我砧板上有没切完的卤猪耳和一块五花肉。那套刀具保养得不错，光可鉴人，唯独少了一把剔骨刀。小杨看我一眼，我看李光吉一眼，后者脸色铁青，一言不发。

把李光吉带回警队不难，请姚婷协助调查却没那么容易。姚婷的父亲姚昌远是大学教授，母亲蒙慧琴开了一家美容院，虽然称不上家财万贯，但能量不小。得知我们因为李光吉而登门，姚昌远直接甩脸。蒙慧琴正在擦拭一张全家福，上面是姚家三口，她态度稍好，解释说姚婷最近心情不佳，整宿睡不着觉，刚吃了点药躺下，还在休息。

我请蒙慧琴叫姚婷起来，姚昌远突然将手里报纸一摔:“你们现在是要我女儿协助调查还是怎么？是协助，就等她好好睡一觉；是抓人，把逮捕证拿出来！”

蒙慧琴忙来打圆场，麻烦我们等半个小时，让姚婷养足精神。这要求不算过分，姚婷人在家，又是个孕妇，我和小杨守着出入口，不怕出什么幺蛾子。蒙慧琴一边吩咐保姆泡茶，一边拿开矮几上的杂物，请我们落座。我扫了一眼她挪开的药盒，突然觉得有点不对劲。那是一盒地西泮，主要用于治疗焦虑症及各种功能性神经症，尤其对焦虑性失眠疗效极佳。

我下意识开口："姚婷吃的是这个？"

蒙慧琴一愣，随即点头。

小杨拨开了那层迷雾："姚小姐没怀孕？"

蒙慧琴更茫然了："婷婷……没怀孕啊。"

我和小杨对视一眼，登时脑中警钟大作。地西泮是妊娠期禁用药，草莓园的老板能认出姚婷是孕妇，她必定已经显怀，蒙慧琴绝对不可能给她吃这个！

细问之下才知道，原来姚婷一毕业，就背着二老和李光吉领了证。为这事儿，姚昌远差点跟她断绝亲子关系。可没多久，姚婷就怀上了孩子。蒙慧琴舍不得女儿受苦，劝姚昌远放下成见，给两个年轻人办了酒席，还送了房子的首付和一台车做嫁妆。谁曾想，姚婷怀孕五个月时，两人出门旅游，李光吉酒后驾车出了事故，导致姚婷流产，自己也弄伤了下身，右腿部分神经坏死。李光吉在家养了一年多，还是落下病根，公务员的铁饭碗也砸了。之后五年，两人再没怀上过孩子。

我这才明白，姚昌远的态度为什么这么差：他不希望女儿再因为李光吉出任何事。这个想法，在看见姚婷时坐实了。被蒙慧琴搀下楼的女人，纤细、苍白，长发衬着一张巴掌脸，尤为楚楚动人。她顶着对黑眼圈，穿条白裙子，柔弱得仿佛能被风刮跑。这样的身材，谁都能看出来：她绝对不可能有孕在身！

姚婷的现身，让案子陷入了重重迷雾。三月八日，她为什么要假装怀孕？我敏感地意识到，问题的答案，可能跟苗青的死有关！鉴于姚婷精神不佳，蒙慧琴提出陪同前往。回到队里，正赶上一辆救护车闪着灯飞驰而出，我拦下一个弟兄问怎么回事。

他叹口气道："死者苗青的家属来了，想把小孙女的尸体接走安葬，曹队领他们去认尸，老太太一看孩子那副样子，犯了高血压，当场昏死过去，林法医就让马上送……"

"什么？"

同僚的话还没说完，姚婷却开了口。我回头一看，这姑娘直勾勾盯着说话的同僚，脸色煞白，浑身都在发抖。

"她……死、死了？"

没等我们反应，姚婷竟然两眼一翻晕了过去！小杨眼疾手快把人接住，我俩急忙将她送进医务室。得亏姚婷年轻，不然我还得奔出警队撵救护车。

安顿好姚婷，我顶着一头汗赶回观察室。一推门，曹队黑着脸抱紧胳膊，透过单面玻璃，目不转睛地观察审讯室。我趋近两步，发现李光吉竟然在和审讯人员聊"什么户型适合养孩子"？！审讯室里热火朝天，观察室里如坠冰窖。

我瞠目结舌："曹队，什么情况？"

曹队的脸臭得像是吃了绿头苍蝇："看不出来？让人套了。"

原来，我和小杨赶往姚家时，与李光吉相关的所有物证已全部移交鉴定。同僚一边等结果，一边用老法子和李光吉套近乎，唠家常、聊闲天，试图找出新线索。但谁也没想到，一向管用的手段在一个置业顾问身上却失了效。他很快掌握了主动权，完美避开案情，将话题引向了一个全新的方向。曹队没提醒同僚，就是想看看，这家伙可以操盘到什么程度。

“他很享受，”小杨走近单面镜，看着侃侃而谈的李光吉，“享受操纵全局的快感，这让他觉得，只有他是赢家。”

曹队点头：“年纪轻轻的，没想到这么难对付。”

叫出同僚，曹队开始晾着李光吉。后者放松身体靠回椅子，转头看向单面镜，露出了一个古怪的笑容。我很难说清那笑容里藏着什么，只觉得他冷静得过头。如果审讯室的小插曲，只让人觉得李光吉难搞，那么物证的初步鉴定结果，就把“难搞”上升到了“麻烦”：

首先，盆栽中找到的纤维是棉麻混纺，常用于制作大方巾。但烧得面目全非，无法提取有效信息。其次，遗失的剔骨刀在小区垃圾站被找回，刀刃缺了一角，刀柄有三组指纹。经采样比对，分别属于李光吉、姚昌远和蒙慧琴。但刀被清洗得干干净净，没有留下任何属于苗青的DNA。至于李光吉名下的白色轿车，经过细致的大清洗，内置全部换新。虽然在后座脚垫下找到了一根属于苗青的头发，但车内测不出鲁米诺反应[1]。而从李光

---

[1] 在法医学中，鲁米诺反应（又称氨基苯二酰－肼反应）可以鉴别经过擦洗、时间很久以前的血痕。——编者注

吉的车胎中提取到的半截果树树枝，也没有沾染丝毫血迹，甚至与苗青陈尸的小树林不是同种植物。所有证据，都不成证据。

然而，三月八日当晚，李光吉有长达几个小时的“空白时间”！李光吉负责的楼盘还在开发，工地上只有一个营销中心，别说安保人员，连监控都没有，无法判断他开车进入的时间。几天前，李光吉的电脑硬盘损坏，数据无法恢复，也不能确定他使用电脑的时间。只在九日上午十点左右，邻居看见李光吉驾车驶入小区停车场。案发当晚六点半到十点半，谁也不知道李光吉在做什么。面对一桌物证，一队人马愁得太阳穴突突乱跳。

我一遍遍翻阅报告，脑子里全是死者丈夫满脸是泪的模样。不可能，不可能一点痕迹都没留下。这么明显的丝巾、凶器、时间漏洞，怎么可能坐实不了李光吉的嫌疑？我闭上眼，试图驱走苗青丈夫的脸，重现案发当晚的情况：那天，李光吉先送姚婷回市区，又转头去找苗青；两人或许商量好有事要谈，又或许李光吉临时联系苗青，无论起因是什么，他们在北郊重新碰了面。

苗青和李光吉没有经济纠纷，但却无法确定他们是否存在情感纠纷。苗青坐上李光吉的车，喝下加了药的饮料，沉沉睡去。李光吉或许只是想带走她迷奸，只要他戴了套，小心一点，可以不留下任何证据。但因为体质原因或药量不足，苗青提前醒了。两人发生争执，情急之下，李光吉用丝巾勒死了苗青。

死亡带来的冲击，让李光吉想起了那起九死一生的车祸，也想起了被命运摧折的无力感。他架起苗青上臂，将尸体转移到矮树林中，拿出以备不时之需的剔骨刀。正如小杨所说，李光吉享受操控全局的快感，而剖腹取胎，将孩子的性命攥在手里，能让他找回错位的自信。孩子尸体被找到时，不但清洗了血水，还裹着条床单，这种事最适合在家完成。所以剖腹后，他应该用丝巾裹住一息尚存的孩子带走，并换下血衣，将早就汇总好的材料带去夜总会，给自己做了个巧妙的不在场证明。

从姚婷的反应看，她不知道苗青已经死亡，但看见李光吉带回家一个血淋淋的孩子，她意识到出了事。两人大吵一架，姚婷躲回娘家，日夜被恐惧和焦虑折磨，不得不通过服药入睡。而李光吉独自在家，有了大把时间处理证据，并将早产死亡的孩子弃尸野外。

我猛地睁开眼，抓起苗青和死婴的照片："不管我们漏了什么，突破口一定在姚婷身上，我去趟医务室！"

小杨却道："我想和李光吉聊聊。"

虽然有曹队在，还轮不上我不同意，但那会儿我焦头烂额，直接呛出一声："你经验太浅，明知那混蛋是吃肉的，还往他嘴里送？要是让他知道咱们手里没证据，往下审会更麻烦！"

小杨也不恼，只是道："我想知道他为什么这么做。"

"还能为什么？心理变态呗。曹队你管管，别让高才生给咱们添乱了。"

撂下话，我顾不上等曹队表态，扭头去了医务室。姚婷已经醒了，正由蒙慧琴陪着回答女警员的问题。

我和同事换班，提了把椅子在她身边坐下，直切主题："告诉我，八号那天到底发生了什么。"

姚婷红着一双眼睛，低头不答。蒙慧琴刚想开口，我抬手示意她闭嘴，将照片拍在姚婷眼前。两张毫无生气的脸映入姚婷眼帘，她尖叫出声，一头扎进蒙慧琴怀里。蒙慧琴火气上头，质问我怎么能这么做，我却只是看着姚婷。

“还有一周就是苗青的预产期，本来她应该和老公、婆婆一起，紧张又幸福地等待宝宝出世。她给宝宝取了个小名‘多多’，多福多寿、多姿多彩。但现在，苗青和孩子都躺在柜子里。零下十五度，这座城冬天最冷的时候，都到不了这个数！”

蒙慧琴安抚着姚婷，辩称这事儿跟女儿没关系，请我不要骚扰病人。我不搭理她，指着照片放大声量：“苗青和你一样大，和你一样喜欢孩子，和你一样喜欢吃草莓。你还有无数草莓可以吃，但她的生命永远定格在了二十八岁。我只想知道，她死不瞑目的那天，到底发生了什么！”

姚婷浑身一震，回头看着我，眼眶红得像是让刷子擦过：“我……我们……我们去了草莓园，一直玩到六点过。”

我问：“后来呢？”

“本来我们要去农家乐吃饭，但吉哥突然接到加班电话，客户催他签合同，他要赶去项目上汇总材料……苗青不想耽误吉哥工作，说她自己可以打车走，我们就分开了。”

姚婷对答如流，我却总觉得有点不自然，又问她接下来发生了什么。姚婷称，在路边放下苗青后，李光吉送她进了市区，她自行回家，而李光吉驾车去了项目场地，第二天才回家。她发现李光吉的身上不仅有酒气，还有女人的香水味，坚信李光吉花天酒地了一整晚，跟他大吵一架，一气之下拎着行李回了娘家——和李光吉的口供一模一样。

我加大马力，动之以情地问了第二遍。仍然一模一样。但是，按照常理，两遍不应该一模一样——人们因为人生经验、个人性格的不同，对一件事的关注点和侧重点必然不同。所以在描述同一件事时，即使大体一致，细节也会有所差异。然而，姚婷和李光吉的供词几乎没有差别！

我升起一股不祥的预感：李光吉和姚婷对过口供。什么时候、什么情况下，他们达成了一致？就在我试图从假怀孕切入，引出李光吉对孕妇的变态感情时，之前的女警领着两个弟兄推门进来，直接铐了姚婷。不只蒙慧琴和姚婷，连我都愣了，忙拉着女警退到一边，问究竟咋回事。

女警意味深长地看了姚婷一眼：“她是杀害苗青的凶手，李光吉一直在保护她。”

晴天霹雳！我大步流星赶回观察室，屋里只有曹队，他冲单面镜扬了扬下巴。

“杨锐问出来了。”

我扭头一看，审讯室散落了一地照片，大部分是排查苗青社会关系时留下的无关人员，只有一张分外扎眼：那是另一起案件中，被割喉的女死者的现场照。照片血水四溅、惨不忍睹。

李光吉低着头，两手紧抱在一起，指节发白。曹队说，我赶去医务室时，他同意让小杨和李光吉谈，但必须戴上通讯装置，全程听指挥。小杨要了叠照片进入审讯室，李光吉一眼就注意到了他的特殊装备。对李光吉而言，他耍过老干警，应付小杨不在话下。轻敌，便是小杨给李光吉下的第一个套。

聊了两句，李光吉就知道小杨刚从警校毕业，他笑意上脸，反而让小杨不用紧张，表示一定配合调查。小杨便逐一给李光吉看照片，询问他和他们的关系。整个过程枯燥乏味，持续了将近五分钟。曹队没忍住，通知小杨切入正题，他愣了愣，开始手忙脚乱找照片。而这些动作，都让李光吉看在了眼里。

小杨翻出女死者照片，一边问“你认不认识苗青”，一边给李光吉看。或许是对“愣头青”小杨彻底放松了警惕，又或许看照片看得眼花，李光吉只扫了一眼，登时脸色大变，转开视线不愿再看。曹队立刻反应过来小杨想干什么：李光吉根本不知道苗青的死法，且对尸体表现出了正常的强烈排斥。

一环破，环环破。小杨将一摞照片递到李光吉跟前，最上面是那张被认错的死亡现场照：“你给了我们一个看似天衣无缝的故事，现在，我还你一个。”

小杨的“故事”，推翻了我之前所有的设想。

“三月八日那天，你接到加班电话，在北郊和苗青分开。但打车的不是苗青，是你。作为暖男，你一定会把车留给两个女人，方便她们去农家乐吃饭，自己打车去公司加班。应酬结束后，你在酒店睡了一夜，第二天早上才回家，却看到了极为怪诞的画面——姚婷的怀里抱着一个新生女婴。”

李光吉面部的肌肉轻微地颤了颤，却没接话，等着小杨继续往下说。

“由于姚婷对你的依赖，很多人误认为是你安排她假扮孕妇，其实不是。车祸后，你们一直怀不上孩子，无论是谁的问题，都让姚婷越来越偏执，甚至假装怀孕。或许为了照顾她的精神状态，也或许出于愧疚，你默许了她的无理取闹，对她呵护备至，直到那天，你看到一个来路不明的孩子。”

这种案子不算罕见，欧美、东亚都出过几例，假怀孕的女人想要得到真实的孩子，并享受孩子诞生的过程，会向孕妇下手。

“你清楚地知道姚婷没有怀孕，又发现了染血的衣物和刀，你马上开车前往北郊，想要救回苗青。但我们已经拉起了警戒带。回到家后，你看着苗青遗留在车上的提包，想起她和丈夫分居两地、鲜少联络，意识到我们需要花时间确认尸体身份。而这个时间差，足够你开展一个绝妙的计划。”

面对精神不稳定的太太，李光吉坚信，只有自己能解决这个天大的麻烦。他马上安排姚婷回娘家，和姚家三人对好口供，随后着手伪造物证。李光吉将包裹婴儿的染血丝巾烧毁，埋进花盆。又以与太太争吵为由，一生气打碎车窗玻璃，弄伤手后，将带有血迹的车驶入维修厂，合理要求大清洗，销毁座椅套、方向盘套等染血物件。同时，他破坏了电脑硬盘，清除了当晚的工作痕迹，找机会扔了苗青的包和夭折的孩子。

李光吉很清楚，如果把孩子留给姚婷，一定会有麻烦，所以找了个理由将孩子带走。女婴早产，得不到专业的救治，当时已经濒死。然而姚婷却不知道，她深信李光吉会照顾好他们的孩子，直到她听见孩子已死，才在惊惧下晕厥。李光吉做这一切，都是为了误导警方，让自己成为第一嫌疑人，但所有物证都无法证明李光吉杀人——只要全家咬死口供不放，他被判刑的可能性很低。

小杨从裤子口袋里拿出一瓶矿泉水，拧开瓶盖喝了一口，看着脸色铁青的李光吉，有意无意地捏了几下瓶身，发出不合时宜的咔咔声。他缓缓开口道:“我最欣赏的一环，是你在网上买了一把和凶器一模一样的剔骨刀，印上指纹后，砍缺刀刃丢弃。即使我们找到刀，也不可能验出苗青的DNA。”

“你……”李光吉突然笑了，他将右手放在腿上，借桌板的遮掩攥紧了拳头，“同志，你的想象力让人叹为观止，我不明白你怎么能上下嘴皮一碰，就瞎掰出这么骇人听闻的罪名？你有证据吗？”

“有啊。”

小杨放下杯子，也笑了:“我欣赏你买刀的计划，不是因为这个假证据做得有多巧妙，而是你下单的账号，属于蒙慧琴。”

曹队说，小杨这句话一出口，李光吉的脸瞬间失去了血色，甚至能看见他抽动的颈部动脉，仿佛搁浅之鱼的鳃。

小杨终于放下瓶子，不再刻意制造噪声去刺激李光吉。在审讯室特意调整的灯光下，他的眼睛亮得出奇:“你很聪明，知道如果用自己的号买，很快会被查到，所以你用蒙慧琴的身份申请了新账号。你也知道，无论是你还是姚家人，丢弃血衣和凶器都有风险。我不得不称赞这一步走得漂亮，你把清洗过的血衣和真正的凶器放在姚家，嘱咐姚昌远、蒙慧琴收到货后，以货不对版为由——用衣服包好凶器，寄还给商家！”

小杨告诉李光吉，我们已经派人截留包裹。一旦衣服和凶器被找到，即使他清洗过，也能验出血迹残留。面对铁证，李光吉终于崩溃，他近乎失控地扫落桌上照片，目眦欲裂，不断声称“婷婷不是故意的”“婷婷只是生病了”“婷婷没想杀人”……

听到这儿，我后背已经爬满冷汗。每个刑警都会根据案发现场、物证、人证，串联案发当天的情况，并模拟犯罪者的心理。通过积累大量经验，反复练习，老干警能猜出犯罪路径。但杨锐这个尚在实习阶段的小伙子，几乎不需要经验，就顺利还原了犯罪过程，顺利到如同亲眼所见。

姚婷被控制住没多久，曹队就接到了交通部的电话。包裹已成功截获，物证移交鉴定，会尽快给出结果。但我知道，不需要结果，李光吉已经输得彻彻底底。

另一边，姚婷得知犯罪事实被揭露，却只是抓着婴儿照片，不断喃喃："是我的孩子……不是别人的，是我的孩子。"

同样被捕的姚昌远、蒙慧琴均心灰意冷，在压力之下交代了协助李光吉、包庇姚婷的罪行。我推开审讯室的门，想招呼小杨出来休息。没想到李光吉突然开了口。

他直勾勾盯着小杨，满是被计划反噬的不甘："你是叫杨锐吧？姓杨的，死也让我死得明白，告诉我，你们从什么时候开始怀疑婷婷的？"

小杨想了想："找到的刀上只有你、姚昌远和蒙慧琴的指纹。"

李光吉呼出口气，愤怒地拍响桌子："我早就告诉他们，一定要让婷婷碰到那把刀，该死，为什么不听我的！"

我丈二和尚摸不着头脑，下意识看了小杨一眼。

他解释道："何哥不太下厨吧，常做饭的人，不会生熟混放，而且刀工很差，显然不经常做饭。"

我醍醐灌顶。既然李光吉不常下厨，家里就应该是姚婷做饭。但剔骨刀没有她的指纹，却有姚家二老的指纹，这个物证就非常可疑了。

我刚想夸小杨观察细致，他却没来由地向李光吉道："你放心了？"

"你说什么？"

"我说因为刀怀疑姚婷的时候，你松了口气。"

小杨饶有兴致地看着李光吉。从我的角度看，他仿佛在看一匹受伤脱力的野鹿。

"我终于明白你在想什么了……"小杨一面笑一面摇头，"可悲的自尊心。你觉得搞砸这局棋的，是姚昌远和蒙慧琴？你以为这样，就能凭借'无私地保护姚婷'而在姚家站稳脚跟？你希望他们不仅对你心怀愧疚，还对自己的失误悔恨终身？"

狩猎，还在继续。

李光吉脸色阴沉，声音几乎是压出喉咙，沙哑难听："我不明白你在说什么，什么悔恨愧疚，你在拍电影吗？"

"是你一直在唱戏，或者说……作秀。"

小杨拿出几张苗青的尸体照，以及那只装着半截树枝的物证袋。

"你还没见过苗青的尸体吧？衣服虽然凌乱，但明显被整理过。凶手在剖开苗青肚子后，还好心地将衣裤还原了。剖腹手法虽然粗糙，但刀口从阴部向上，是不想伤害到肚子里的胎儿。加上苗青死前服用过安眠药，凶手确实不是想杀人，只想取走孩子。苗青中途疼醒，凶手没有用刀直接刺死她，是担心母亲死后，胎儿在腹中缺氧。于是凶手跪在苗青双臂上，压住她上身，想用丝巾勒晕她，但意外导致苗青死亡。这一系列行为，不像男性行凶者会做的事。”

我清楚看到，李光吉在发抖，他下意识向后靠近椅背，两条腿交叉，表现出了极为紧张和恐慌的防御性姿势。

但面对年纪轻轻的小杨，他依然克制着情绪：“你从一开始就怀疑婷婷？为什么……”

“因为你跳出来了。”小杨指指证物袋，“这片树皮残留有腐殖酸铜，是一种防治果树腐烂病的农药，除了在防病期使用，还会在雹灾后，用来保护被砸伤的树枝断口。邻居看见你三月九日上午十点驾车回家，在那之前，你赶去找苗青时，碾到了树枝吧。”

“这只能证明我是为了保护婷婷……”

小杨点点头：“对，直到你特意将那几盆花放在茶几旁，想要引起我们注意。”

我脱口而出：“那几盆花是故意摆在那儿的？”

小杨没明确回复我，只是继续将李光吉扒皮拆骨：“即使没人知道花蕾期不能换盆，你也会想办法让警察发现盆里的纤维，因为你需要独揽嫌疑，好塑造自己为爱献身的高大形象。”

小杨平时话不多，但到了案子上，面对李光吉的垂死挣扎，他将所有疑点揉碎了喂到李光吉嘴里，强迫他咽下去。

“即使同意你和姚婷结婚，姚家也从来没把你当自己人。姚家的全家福照片根本都没你。”小杨竟然有些怜悯，“你们关系很差吧？蒙慧琴那么关心女儿，却连她塞假体假装怀孕都不知道，显然平时几乎不走动——因为姚昌远看不起你。”

“看不起”三个字，深深刺痛了李光吉，他咬牙盯着小杨，像要把他活剥了:“你凭什么说他看不起我？他凭什么看不起我！”

“未婚搞大人家女儿肚子，买车买房靠的都是岳丈，酒驾车祸害妻子流产、孩子丧命，被开除出公职队伍，三十好几了连个经理都没当上，谈生意不得不陪客户找小姐。换了我，我也看不起你。”

“你说什么！”李光吉怒火中烧，“要不是我，婷婷这些年能大门不出、二门不迈，在家享清福？要不是我，婷婷早就坐牢了，要不是我……我那么爱她，为了她，我可以忍受他家的白眼，我连自己的前途都豁出去了！”

“不是豁出去，是等价交换。”话到这儿，小杨似乎对李光吉失去了兴趣，开始收拾照片和物证袋，“计划成功，你无罪释放，不仅能让姚家人另眼相看，也掌握了姚婷的犯罪证据。姚昌远再瞧不起你，也不敢让姚婷跟你离婚。计划失败，你知道姚昌远和蒙慧琴爱女如命，即使告诉他们要在刀上留下指纹，只要不说破指纹的重要性，为了保护女儿，他们也不会再让她接触到凶案相关的东西。人是姚婷杀的，疑点由姚家承担，凶器由姚家替换，你豁出一切保护妻子，赢得了好丈夫的名声，还不会坐太久的牢。”

说完，他忽然停下动作，抬头看向李光吉，露出了近乎残忍的微笑:“你说，如果他们知道，你用姚婷做筹码，她还会爱你吗，你还能拿到姚家的财产吗？”

李光吉如遭重锤，仿佛全身筋骨被抽离，一下瘫在了椅子里。那双原本精明发亮的眼睛，也变得黯淡无光。

和小杨离开审讯室时，走廊上刮进一阵冷风。我没来由地打了个寒战，脱口叫住他："你一开始就知道真相？"

小杨看我一眼，恢复了平时寡言少语的学生仔模样，只点了点头。我突然有些恍惚。既然小杨知道一切，只要告诉我和曹队，把证据搜集到位，直接就能定罪。但他没有，他藏了犯罪侧写、腐殖酸铜以及退货换刀的推论，只是为了在审讯室和李光吉碰面，再一点点击溃他的心理防线。李光吉用姚婷做筹码耍我们，杨锐用我们做筹码耍李光吉。

我没忍住，终究问了一句："你说你想知道李光吉为什么这么做，不是想知道犯罪过程，是想知道……他为什么把花盆摆得那么显眼？"

小杨犹豫几秒，才道："尊严，挺有意思的东西，对吧何哥。"

我不知道尊严有没有意思。我只知道，他和李光吉一样，在享受操纵全局的快感。案子结束后，曹队和杨锐在办公室聊了一下午，没人知道他们聊了什么。我借汇报案情进展的机会猫进去，想听一耳朵。

推开门时，曹队正在问："你对药品很熟悉？"

杨锐坐在曹队对面，答得意在言外："家庭原因，了解一点。"

没两分钟，我就让曹队轰出来了。后来，我再也没见过杨锐展现出那种原始、血腥、如同猛兽诱捕猎物的攻击性。但我一直很庆幸——他是个警察。

07

番外·饺子

十一月的南方，照例是艳阳高照。晚霞一天红过一天，入夜才象征性地刮了几场冷风，吹得大队办公室窗户“呜呜呀呀”响。跟着窗户一块儿响的还有我用了五六年的手机，来电显示“杨乾元”。

我按下静音键，把手机揣回兜里，用力掐了把太阳穴：“说说情况。”

“是！”小李响亮一应，站起来朗声道，“棉纺小区后山工地发现的骸骨，死亡时间初步断定是三十年前，死者为女性，年龄二十八至三十岁，身高一米六五。尸骨无明显外伤，死亡原因还需进一步检验。”

徒弟小袁将现场照片投映在墙上，补充道：“死者被塞在一个红色行李箱内，上身穿绿色上衣、白色外套，下身是牛仔喇叭裤，内衣裤完整，但没穿鞋，没有项链、耳环、戒指等饰物，也没有可以证明身份的东西。”

小李咬着笔杆：“这打扮在三十年前很时髦了吧？死者应该经常出入迪厅、酒吧……”话没说完，她整个人一抖，匆忙摸出震动的手机，“外卖来了，我去拿！”

看着小李风风火火地跑出去，小袁乐了：“还是姑娘家体贴，像老何这种老僧入定的，饿死都不会动弹一下。”

被点名者发力踢了一脚小袁椅子，对小袁横眉冷对。不多时，风风火火出去的小李又风风火火地回来了，把餐盒码上桌，招呼大家吃。手机又响了，我摸出来挂掉，抬头就见小李将打开的餐盒递过来。透明的塑料盒子里，整齐排着两列水饺。没等饺子特有的气味涌入鼻腔，胃已经先一步做出反应，一股强烈的呕吐欲翻上喉咙，我舌根一咽，起身往厕所冲。

小袁低声的埋怨在身后响起：“谁让你点饺子了？头儿对饺子过敏……”

在厕所呕出掺酸水的午饭，我拧开龙头，掬一捧水漱了漱口，又胡乱洗了把脸，撑着盥洗池喘气。镜子溜过圈白炽灯光，映出一张眼窝深陷、胡子拉碴的脸。这两年情况特殊，失业、破产的一抓一大把。这一大把里，起了歪心思捞偏门的又一抓一大把。似乎每个人都在想，日子不能这么糟下去，所以你需要一个选择。因为你需要一个选择，所以你得付出点什么。就为这，在大队睡沙发的次数赶得上新闻联播，人人都绷着根弦，又唯恐那线无声无息地断了。

刚拿衣摆抹干脸，手机第三次响起。我耐着性子接通，就听那头破口大骂：“杂种，白眼狼！不接、嗝……不接老子电话，把钱拿来！”

“你又喝酒了？”

“这个月的生活费，妈的……你不赡养老子，我就闹到你队里，让国家管……”

没等对方说完，我撂了电话走出厕所。回到办公区的时候，小李正慌慌张张地收拾着餐盒，小袁替她赔罪，连说外卖重新点。自己不吃总不能叫全队饿着，我摆摆手说：“别折腾了，我买面包对付一口。这案子不用说，杀人弃尸没跑。棉纺小区虽然在拆改，但因为是厂区宿舍，住户名单好拉。小袁小李带着死者衣着信息走访排查，老何比对三十年前后人口失踪报案，看看有没有符合的。今晚辛苦辛苦，把之前的铁轨弃尸案收个尾，免得两头忙。”

交代完，我卷了外套出门，在便利店买了个面包，蹲路边啃，脑子里全是现场照片。那身时髦的打扮，总觉得异常的眼熟……

三十年前的凶杀案，几乎等同悬案。物证被彻底破坏了，要从茫茫人海里捋出个人证堪比天方夜谭，如果死亡原因无法断定、死者身份无法确认，就是在世包青天也无从下手。目前只看到了一点眉目：从死者穿着上看，熟人作案可能性较大。

第二天上班前，我回了趟老房子，杨乾元——也就是我的父亲——没在家，肯定昨晚就没回来。二〇〇七年外婆过世后，老头儿买断工龄下了岗，拿着那点钱撒欢一样染上酒瘾，所幸没惹出什么大事，否则我连半工半读考警察的资格都没有。

老头儿不在，我提的剑南春没处使，干脆上邻居刘叔家坐坐，请他两口子小酌二两。小时候，刘叔刘姨跟我家关系不错，尤其刘姨和我母亲，用现在的话说得叫闺蜜。后来刘姨看不惯老头儿，逐渐断了来往，但对我还很照顾，中学时我常去他家蹭饭。

老话说，冥冥中自有天定。没过多久，骸骨身份就确认了。小袁从副支队长办公室回来向我汇报时，脸色像从苹果里吃出半条蛆："头儿……死者姓名赖凤娇，是你母亲。"

通过走访，刘姨认出死者衣物是当年她和我母亲买的闺蜜装，经DNA比对，确认无误。作为亲属，按规定我不能跟进调查，案子移交大队长负责，我这个副队只能把火气撒在扫街上，跟派出所民警抢业绩。等我终于忍不住，一脚踢开厕所隔间，把小袁堵在马桶上时，这个跟了我三年的徒弟差点没哭出来。

"头儿……师父，你知道规定……"

"我知道。"我点根烟，"怀疑谁？"

小袁咽了咽唾沫。我狠抽一口，抓乱两个月没剪的头发："得，死者丈夫一向是第一嫌疑人——有什么证据？"

"师父……"

我把烟头攥进手心："她是我妈。"

小袁毕竟是我带出来的，窝在马桶上零碎说了点案情进展。放他提裤子走人时，天刚擦黑。我上烟酒店捎了瓶茅台，买了几样熟食，提回老房子。去年年底，棉纺小区划入拆改，靠后山的那一片动迁，给展示城市崭新面貌的人民大道腾位置。到现在，左邻右舍搬得差不多，只剩几户老棉纺人还在谈安置房。

老头儿回来的时候，照例喷着酒臭，所幸走路不打飘。他嘟囔着问我来干什么，开门把他没在门口被冷风吹成人干的儿子放进去。屋里一片狼藉，我扫开茶几上的垃圾，搁下酒菜，提把板凳坐了。

"散装酒都是工业酒精勾兑，我这有茅台。"我开盖，倒酒，余光里老头儿抖了一下，"我考上警察那年咱俩喝过，就那一回。今天喝点。"

六十五岁的老头儿窝在沙发上，瘦小得像棵菜。菜要施肥人要酒，他不含糊，掰开筷子就端杯。

爷俩喝了小一轮，熟菜吃得七七八八，我捡了颗花生米进嘴，突然开口："你一直跟我说，妈跟男人跑了，不要我了——是真的吗？"

我看着老头儿，老头儿看着酒。僵持几秒，他憋出句："你要搞什么？"

我撂了筷子："一九九二年吧？妈离家出走的时候，我六岁，应该快过年了，家里挂了腊肉、备了瓜子，还包了饺子——馅是你剁的，皮是你擀的，也是你包的。"

老头儿不接话，也不喝酒，手抓着杯子发颤。

"我记得那天下午，同学喊我去玩，我在他家吃了饭，八九点才回家。"我盯着老头儿，看那张脸上抽搐的皮，"回家的时候，妈不在，你也不在。你很晚才回来，我问你妈去哪儿了，你没理。过了几天，大家都在问她去哪儿了，怎么不打麻将、不跳舞，你去了趟外婆家，回来就跟我说妈和男人跑了。外婆也说，妈提着行李去了她那儿，第二天走的。"

"你要搞什么？"老头儿还是这句话。

"有人说，那天晚上看见妈穿着棉衣、裹得严严实实、提了个红色行李箱出门。有意思的是，尸体被发现的时候没穿棉衣，就蜷在红色行李箱里。有人说，那天听见你们吵得很厉害，你嚷嚷什么‘你就是找死’。妈不可能提着行李箱出去，再爬进行李箱把自己埋了，对吧？你一米六八的个子，穿上妈的衣服，把脸遮上，跟妈挺像——”

“你、你妈的！”老头儿登时暴怒，一下摔了酒杯，“跟你老子这么讲话！”

我摸根烟点上：“小时候，我一直很好奇那些锡纸、白粉末是干什么的，长大了才明白。妈在迪厅认识了一帮狐朋狗友，比你年轻，比你好玩，也染上些坏毛病，你跟她常为这事吵，那天也是吧？外婆腿坏了，妈不管她，你是不是跟外婆说，反正人都死了，只有你可以赡养她，你要是进去了，外婆没人养老送终，我也成了孤儿？”

老头儿脸上紧着横肉，冲进厨房掏出把菜刀，指着我就嚷：“狗杂种……你跟你老子喷什么鸟粪，讲那些莫名其妙的东西！”

高中以后，我个子蹿过一米八，又在警队练得肩宽腰窄，老头儿怵我，只敢砍茶几发狠，让酒精烧红的两眼竟然激出几滴猫尿。

“就是跟男人跑了！那婆娘、贱人……吃我的用我的，还跟野男人鬼混！还沾那些东西……”茶几哐哐响，老头儿脑充血，连自己一块儿骂，“老子对那贱人够好了，舍不得打她，吵完老子就走了，是她……吃完老子的饺子还要嗑药，自己嗑死了，凭什么把老子拉下水！老子一把屎一把尿把你拉扯大，不是让你来跟你爹顶嘴的！”

哐啷！

茶几让老头儿剁得稀碎，他吓得愣了。我倏然发难，一手擒他手腕用力往后一折，菜刀顺势落地，跟着上肘，肉包骨头撞上老头儿咽喉，一下把他搡进沙发。老头儿磕出声闷响，满脸是泪。我丢了烟，在菜刀边儿踩灭。

“我跟你说的，都在队里留了口供。你这些话，跟法官说去吧。”

走出门的时候，老头儿还在呜呜咽咽地哭，我抹把脸，冲他撂下一句：“你这样子，让我想起妈以前常跟我说的话——”

第二天，队里接到报案，棉纺小区有人跳楼，死者——杨乾元。三十年前的白骨案，就这么结了。局长想给我放大假，我没接受，直接递了辞呈。离开警队后，我给一家大型房地产开发公司做安保负责人，老何升了副大队长，小袁小李也走到谈婚论嫁的地步。生活好像回到了正轨，没有乱七八糟的案子，没有要钱要到市局门口的父亲，剃胡子的时间也有了，还收到了销售部一个小姑娘的情人节巧克力。

小袁小李订婚时，我这徒弟兴奋过度，特意请我吃了顿饭。饭桌上，他多喝了几杯，感谢我带他那几年教他的东西，直说要不是我父亲的案子，我升大队长不成问题。说着说着，他突然放低了音量凑近道：“师父……这话那时候我不敢说，怕你受刺激，但我真觉得那案子哪里怪怪的……”小袁眯着醉眼，“你说三十年前的事了，刘家老两口怎么记得那么清楚？记得衣服就是赖凤娇的，记得听见你爸妈吵架的内容……”

我抬眼看着他，拇指擦着酒杯上的水珠：“你怀疑另有隐情？”

“也不是……我都不知道往哪儿怀疑，要是师父你跟这案子，肯定能查明白……嗨，可能我想多了，嘿嘿，不说了。”

小袁提了一杯，我跟他碰上，也笑了。我这徒弟，直觉总是很准。刘叔刘姨记得清不清楚我不知道，我记得很清楚。

那年冬天的下午，父亲去买吃饺子用的酱油，母亲通宵蹦迪在卧室睡觉。我皮得很，翻箱倒柜找到瓶白色粉末，又找了张糖纸，想学母亲那样烧着吸。倒药粉的时候，同学在楼下喊“杨锐我是你爸爸”，吓得我一激灵，药瓶掉进茶几上的肉馅儿盆里。粉末拣不出来，我只好把肉给搅匀，顺手揣走药瓶去找同学玩，半路又嫌揣着麻烦，扔进了臭水沟。那半瓶毒鼠强，在臭水沟里药死了一窝耗子。

那天，我冲老头儿说的最后一句话是：“妈说，‘你这废物，不死也没用’。”

你看，失业、破产的总在想，我当然也会想：日子不能这么糟下去，所以你需要一个选择。因为你需要一个选择，所以，你得付出点什么。

08

互相猜忌的爱

师父离职的第二年，我和对象李然订了婚，计划等她的岗位调动下来，就找时间领证办酒。她是法学高才生，心思细，干劲足、脑子活泛，跑外勤不娇气，在办公室又比我坐得住，除了资历轻，怎么看都是块当领导的料。虽说双警察家庭往往一地鸡毛，但我和她都想得开，既然爱人选择了这份职业，想在力所能及处发光发热，只要我们互相信任扶持，没什么过不去的坎。

她转内勤前，我和她最后一次外勤搭档，是一起让我记忆犹新的绑架案。失踪的孩子叫钟子旭，父亲钟泽，母亲李尔岚，双胞胎弟弟钟子阳两年前病故。钟泽是知名青年企业家，李尔岚舞蹈专业出身，典型的白富美，两人家境优渥，早几年就在新区买了别墅。为了吸引客源，开发商专门为“精英”们建设了一座高标准体育馆，仅对业主及业主亲朋开放，入场门槛不低。

但就在这样一个体育馆里，钟子旭无声无息地消失了。我们介入案件时，孩子已经失踪了五个多小时。

打进门起，我就觉得钟家气氛怪异。三层别墅装潢温馨，却没有一张全家福。钟泽坐在沙发上，胳膊和脖子全是抓伤，正一根接一根地抽烟；李尔岚离他很远，左脸红肿，握着手机发呆，屏幕上是钟子旭在恐龙馆的照片；钟家的保姆钱芳春瑟缩在一旁，紧紧握着自己的玻璃水杯，脸色苍白，视线飘忽。看起来唯一理智尚存的，似乎只有男主人钟泽。

钟泽说，两个月前，李尔岚在别墅区的体育馆给孩子买了游泳课，每周六下午三点到四点上课，钱芳春带孩子去，她则抽空到市中心做美容。今天也是这样。但下午四点左右，钱芳春突然闹肚子。她去了厕所不到十分钟时间，钟子旭就不见了。钱芳春找遍了游泳馆，没有溺水，没有在更衣室、沐浴间、休息区，她坚称连保洁车、布草车、垃圾箱……凡是能藏人的地方都翻了个底朝天，但一无所获。钟子旭就此人间蒸发。

下午四点四十七分，李尔岚接到一通由不记名"黑卡"打来的电话，AI 语音朗读了一段文字：钟子旭在我手上，准备三百万，报警就撕票。她惊慌失措，妆也没补就往家跑，确认孩子真的失踪后，第一时间就联系钟泽。但钟泽正巧从外地返程，手机开启了飞行模式，两小时后才接到电话。他火急火燎地赶回家，二话不说要报警，李尔岚却一把夺走了他的手机。

"不能报警！他说报警就弄死旭旭！不就是三百万吗？我们给得起，给他钱就好了！"

钱芳春也来劝："先生，不能报警！要是让绑匪晓得，旭旭死定了！"

两个女人坚信绑匪会说到做到，只要报警，孩子就会死无全尸。钟泽不可能拿孩子的性命开玩笑，推开钱芳春，抓着李尔岚就要抢手机。李尔岚却神经质地和他撕扯，甚至质问他为什么坚持报警，是不是想害死孩子。盛怒之下，钟泽一耳光打在妻子脸上，钱芳春也扑上来拉偏架。他双拳难敌四手，气得抄起花瓶砸出窗外，惊吓了遛狗路过的邻居。邻居叫来保安，保安这才联系到我们。

钟泽愁容满面地解释："我理解我太太的想法，阳阳去世以后，旭旭就是她的命根子，她不想冒一点险。可她不想想，绑匪的话能信吗？那些浑蛋只要钱，根本不管孩子死活，只有警察才能救孩子啊！"

问清前因后果后，老何立马带队布控，我的注意力却被钱芳春吸引了。李尔岚因为孩子情绪激动、口不择言，愿意拿钱赎命很正常。但钱芳春作为保姆，不仅在人来人往、监控密集的体育馆弄丢了孩子，还强势阻挠受害者家属报警，实在不合常理。

虽然钱芳春有问必答，却不断旋开玻璃杯的盖子，啜饮杯里泡的金银花茶，又重新拧上。这种无意识的小动作，是一个人过度紧张、口干舌燥，并且大脑出现空白的表现。一念及此，我向李然递了个眼神，又跟老何打了招呼，和她一起将钱芳春带到另一个房间问话。

钱芳春坐下后，李然柔声问："阿姨，孩子在哪儿丢的？"

"娃娃在哪儿丢的，"钱芳春重复了一遍，"在体育馆的游泳馆，别墅区有个体育馆。"

"案发时间是几点？"

"四点。"

"当时你在干什么？"

"当时我在……解手。"钱芳春突然坐直，抬起了下巴，"就是在体育馆的厕所，我让娃娃在门口等我，才几分钟，娃娃就不见了！”

我心下一沉。她在撒谎。钱芳春会无意识地握紧硬物——水杯——以寻求安全感，通过肢体表现让自己显得更权威，重复李然的话给编造谎言预留时间，并不断强调案发地点。她试图让我们相信，孩子就是在体育馆丢的。

我突然插进话头：“老师在哪儿？”

“老师？”

钱芳春有些懵，我没等她反应：“上课时间是下午三点到四点，案发时还在授课，老师在哪儿？”

“老师……老师照顾娃娃去了吧，还有很多娃娃嘛，我不晓得，可能是……”

“既然有老师照看孩子，你为什么让他在厕所门口等你！”

钱芳春登时慌了，鼻尖沁出一层汗，攥着水杯小幅度挪动双脚，脚尖已经下意识朝向房门——她想跑。

我找准时机，猛地拍响桌子：“为什么撒谎！”

钱芳春吓了个激灵，竟然抓住李然的手，作势就要往地上跪。李然眼疾手快把她搀住，就见她泪流满面。

“大哥大姐，我错了……我不是有意的，我没想害娃娃，你信我嘛！是我没文化，是我贪心……我求你们了，不要跟先生太太说……”

我太阳穴急跳，一问才知道，钱芳春吃了钟家的钱。

李尔岚给孩子报的游泳课，一个季度七千二百元，由于不包含成人九十八元一张的门票，每个月李尔岚还会根据上课次数，多给钱芳春一笔钱。对李尔岚而言，钱不是问题；但对钱芳春而言，问题就出在钱上。

一个月后，钱芳春发现，李尔岚每周六都要去美容院，并不会跟着孩子上课。歪心思一动，一发不可收拾。她竟然大着胆子，借李尔岚的名义把课退了，将退回的钱揣进自己腰包，在附近找了个户外游泳馆，买下便宜的亲子课程，再买一堆零食哄孩子撒谎。这拙劣的花招，还真让她成功实施了半个多月。案发时，钱芳春和孩子正在户外游泳馆！

“我只是觉得没必要乱花钱，”钱芳春一把鼻涕一把泪，“反正娃娃学会游泳了，在哪里上课不都一样吗？我真的不晓得，娃娃怎么就搞丢了……”

钱芳春说，亲子课程已经结束，她今天只是带孩子去游泳混时间，当然没有老师。案发时，她突然腹痛不止，眼看就要窜稀。为了安全，她让孩子在女厕所门口等着，时不时就喊一声。起初，孩子还会答应，过了一会儿，突然没了声音。

钱芳春解释：“我以为娃娃在和我开玩笑，哪个晓得解完手出去，娃娃就不见了，太快了，太快了……”

吃钱归吃钱，钱芳春在找孩子上没有半点马虎。发现钟子旭失踪，她立刻通知游泳馆工作人员，翻遍了能想到的每一个地方，可孩子消失得无影无踪。钱芳春想过跑路，但她在家政公司留了地址，根本跑不脱。正巧李尔岚打来电话，她才知道孩子被绑架了，绑匪要的钱，她这辈子都赚不到——但对李尔岚来说，钱不是问题。

钱芳春琢磨，只要不报警，李尔岚给了钱赎回孩子，她再哄孩子保密，这件事就能瞒天过海。但她没想到，钟泽坚持找警察。话到这儿，钱芳春突然用力挠了挠胳膊。我心头一跳，还没反应，李然已经捋高钱芳春的袖子，就见她皮肤上长了一片大小不一的红疙瘩。

李然好不错愕："你有荨麻疹还带孩子？"

"我没有啊……"话音未落，钱芳春苦着脸去揉肚子，好像又要窜稀。

我登时灵光一闪，急问："你吃过什么？"

据钱芳春说，中午她和李尔岚、钟子旭一起吃了午饭，下午只喝了自己带的金银花茶。今天的茶泡得不错，酸中带甜，就是喝完后一直闹肚子，她当是茶水排毒，没有多想。李然立刻拿走保温杯，请同僚送去加急检验，我则通知老何接手盘查钱芳春，带队赶往户外游泳馆，堵住安保人员，表明身份调取监控。

户外游泳馆有两处出入口，正门和侧门，都装有摄像头，四周围着两米多高的铁网，外围又有八台摄像头环绕。如果绑匪带着孩子离开，必然会在某个时刻进入监控。我和李然二话不说，直接占了保安室做事。

监控显示，当天下午两点四十五分，钱芳春牵着钟子旭从正门进入户外游泳馆。四点一刻，钱芳春短暂出现在正门的监控中，焦虑地找了一圈，五分钟后返回。四点四十二分，钱芳春魂不守舍地从正门离开。而三点五十分到四点四十二分之间，游泳馆外围没有拍到任何可疑人员。也就是说，如果绑匪要带走钟子旭，只能通过两道门。

可我没想到，花了一个多小时摸排，在案发时间段，无论正门还是侧门，都找不到孩子的身影！一个五岁的孩子，不可能凭空消失。要带走孩子，只有两种方法：第一，给孩子做伪装；第二，把孩子装进可移动的物体中带走。然而无论怎么排查，都一无所获。我感到心脏在剧烈跳动，烦躁地起身来回踱步。就在这时，李然接到了局里的电话，我见她脸色一沉，心知猜测不错。

果然，挂断电话，她转头向我道："跟你想的一样，茶里有甘露醇。"

甘露醇是山梨糖醇的同分异构体，带有甘蔗的甜味，静脉滴注可利尿，口服则会引发肠道脱水。根据用量，能在一到两小时左右起作用。过敏人群服用可能引起荨麻疹，出现脸色苍白、头晕恶心、腹泻不止等症状。

我一捶手心："很明显，钱芳春带孩子进入游泳馆不久，绑匪就投放了甘露醇。只要钱芳春上厕所，他就能无声无息地带走孩子。"

李然同意："可为什么监控拍不到绑匪？"

我没答，点了根烟想转换思路，让她给掐了，接着递来杯水，我转而不停地咬着纸杯边沿过嘴瘾，含糊道："案发时间段内全无线索，要么空间不对，要么时间不对。空间问题已经解决了，那绑匪必然在时间上做了手脚——"

话音未落，她默契地接上后话："你是说，钱芳春离开时，钟子旭应该还在游泳馆里？"

我忙不迭点头，转而问保安，孩子失踪后他们都找过哪些地方。

五十来岁的瘦小男人言之凿凿："警察同志，我保证，我们找遍了，我连储物柜和通风管道都看了，连穿碎花裙子的女娃儿都看了，真的找不到。"

"不对，"我摇头，"一定遗漏了什么。"

可能看我愁得馋烟，李然用肘弯碰了碰我，示意到室外抽。我谢天谢地，脚不沾地晃出保安室，在清爽的空气里深吸了口气。李然带着保安出来，一间间屋子指着问，保安却都在点头。

"找咯，这里也找咯，没有啊，娃儿突然就消失了。"

我叼着烟迈上台阶，视线在水面和鬼影般的平房间来回打转。

李然谢过保安，跟上来和我并肩而立，长叹了口气："钟子旭每周六上课，他在户外游泳馆出现不会超过三次，每次不超过两小时。绑匪要在短短六个小时内，锁定可以藏匿孩子的地点，一定对这里很熟悉。但游泳馆工作人员会选的地方，又不能保证可以避开保安的排查。"

我点头："绑匪肯定找了一个，连工作人员都不会想到的地方……"

李然啃着拇指指甲，没接话。她一想事，嘴就跟我似的，得有个东西叼着才舒坦。

我掐灭烟头，想让头脑更冷静些，她却突然开口："你闻到了吗？"

"啊？"我以为她怪我抽烟，连忙疯狂扇风，想把烟味驱散。

她按住我的手，闭上眼深吸了口气："好像没什么漂白水的味道？”

李然话音刚落，我脑子登时过了道电。对了，这里没有很重的泳池味儿！

不少户外游泳池为了节省成本，往往使用漂白粉消毒，当游离氯和尿液、汗液中的氮类化合物发生反应时，就会出现较为浓烈的气味。很多人认为这代表泳池水干净，其实恰恰相反。再看泳池，池子高于地面，水位较高，池水正不断漫出，涌入边缘的塑料格子内。我马上反应过来，这间户外游泳馆用的是循环净水系统！

一想到这，我忙向保安道："净水系统库房找过吗？"

他连连摆手："不会在里面，库房钥匙只有老板有，老板两点半就走了。"

我哪管这些，拽着他就去找库房。净水系统库房设在一个偏僻的角落，库门背对泳池，从外看就是一块方形水泥，很难被注意。我让保安开门，他说钥匙在老板身上，我又催他联络老板。

谁知电话一打，那头的人很诧异："钥匙？我不是让小许放在保安室吗？"

老板称，下午净水系统设备厂派人来更换过滤砂缸，他急着赶高铁，把钥匙给了对方，嘱咐其用完放在保安室。保安却称，许师傅走的时候，根本没给他什么钥匙！

我知道库房不用看了，孩子一定在里面待过，让保安在监控中寻找这个许师傅。下午四点十三分，一个平头高个、挎着只剑龙腰包的男人离开游泳馆。五点三十二分，男人骑着三轮摩托车从侧门进入，车上装着一只纸箱。半个小时后，男人离开，车上放着旧的过滤砂缸和纸箱。车子驶过减速带时，纸箱颠簸了一下，却没有翻倒，显然里面仍然有重物！

锁定嫌疑人，我们三路并进，一面联系老何，让钟家夫妻辨认嫌疑人；一面通知同僚排查净水系统厂，核查许师傅身份；同时从队里叫支援，联动交警大队，跟踪三轮摩托车的去向。很快，老何递来了消息：钱芳春对许师傅有印象，而钟家夫妻和他关系匪浅。

“这人叫许文瑞，曾做过钟泽的助理。两年前因经济犯罪入狱，在牢里积极改造，学了门技术，五个月前回归社会。”老何说，“你应该想到了，当时举报他的人，是李尔岚。”

这个浑蛋，他在报复钟家！

锁定许文瑞不难，但要找到他，却没那么容易。许文瑞很聪明，具备一定的反侦查意识。绑架钟子旭后，他切断了一切社会联系，更换手机卡、避开电子眼，带着孩子进入西郊。西郊冷僻荒芜，探头装得零零碎碎，县道乡道错综复杂，交通部在这片“三不管”地带暂时失去了他的踪迹。

为了尽快找回孩子，我们撒出去无数弟兄，深入西郊逐点摸排。但线索一断再断，案子几乎陷入僵局。好在，许文瑞没有销声匿迹，他打来了第二通电话。电话打到钟泽手机上时，老何已经和他确认过三五遍话术。

他点开免提接听，还是 AI 语音：“三百万现金，凌晨两点，小冲坡响鼓路……”

没等 AI 语音说完，钟泽扯着嗓子嚷：“等等！我要知道孩子是不是还活着，让我听他的声音！”

电话那头沉默几秒，一阵窸窸窣窣的动静后，孩子脆生生地喊了声“爸爸”。

钟泽喜出望外：“旭旭，旭旭是你吗？你还好吗？”

“爸爸！爸爸我想你了！”

“旭旭别怕，你等爸爸来……我们就要找到你了！”

这话一出，我和老何蹭地一下都站起了身，而电话也被瞬间挂断。老何整个人都蒙了，质问钟泽为什么不按照话术沟通。

钟泽看起来手足无措：“我、我担心孩子，孩子现在肯定很害怕……”

老何懊恼地挠着头发，反复踱步：“‘我们’‘我们’——你知不知道，许文瑞很可能听出来你报警了！”

“我就是担心孩子……一时嘴快，可是，‘我们’也可以代表我和我太太啊！”

钟泽说这话时，李尔岚正瞪大了眼睛看着他，似乎根本不接受这个说法。没等我们厘清策略，钟泽的手机又收到了短信：凌晨四点，三百万现金，不连号，一个人，新寨莲花坳。

我们都意识到，许文瑞已经警觉了。他提出新的交易时间和地点，是为了拖延搜查进度，在四点前，他一定会更换藏身地，所谓的莲花坳，不过是混淆视听的手段。我感到后背发凉，如果许文瑞被激怒，孩子很可能有生命危险！

距离交易时间还有十小时，我们忙得像热锅上的蚂蚁，一面给现金做特殊处理，一面各方联络，锁定许文瑞的位置。李尔岚提出亲自下厨做顿晚饭，让大家吃饱喝足，帮她把孩子安全带回来。这顿饭称得上豪华，全是咱老百姓平时吃不着的东西，除了煎牛排、虾仁沙拉、蘑菇浓汤外，还有价格昂贵的生菜包奶酪。不得不说，李尔岚手艺一绝，不仅钟泽胃口大开，我们也吃了不少。

晚上十点，老何建议钟泽先睡一觉，养足精神，在交易时保持清醒。四个半小时后，我上楼叫钟泽，敲了半天门却没反应。卫生间响起一阵冲水声，李尔岚走过来问怎么了。我指指时间，让她找钥匙。房门推开，扑面而来一股酸臭。我一愣，第一反应抢近床边，就见钟泽满口呕吐物，张大了嘴抽气，合拢的眼皮正不住颤抖。

我警钟大作，忙将他扶起来抠出秽物，让李尔岚赶紧打120。呕吐、咽肌瘫痪、呼吸费力、四肢瘫软……我不是医生，但这个症状并不陌生。刚跟师父那会儿，我们侦办过一起案子，偏瘫老人突然死亡，死前投过一笔高额保险。起初，我以为是看护杀人案，毕竟百病床前无孝子。但师父很快发现，看护者也出现了头晕恶心、饮水呛咳等症状，一查才知道，看护者在家中自制豆腐乳，导致食源性肉毒杆菌中毒，老人体弱，很快毒发身亡。

扶着钟泽，我无意间扫视到卫生间，突然觉得不对劲。马桶冲水声之后，我好像没听见洗手的动静。我心头一跳，想起晚饭的奶酪。那盘生菜包奶酪带着刺鼻的臭味，李然差点被熏吐，碍于情面，硬生生把干呕压了下去，眼眶都呛红了一圈。

李尔岚说那是蓝纹奶酪，奶香浓郁，让我们都尝尝。豪门大户吃的东西就是不一样，没人敢试，只有我乐颠颠伸筷子。她又说那是法国空运过来的奶酪之王，两万一块。好家伙，一块顶几个月到手工资，我哪里敢吃，又默默坐回了原位，还挨了李然一记眼刀。最终，那盘生菜包奶酪，全进了钟泽的肚子。而李尔岚说“两万一块”时，咬字很重。

等李然赶来照看钟泽，我起身进了卫生间。马桶干干净净，我拿起马桶刷，对着灯光转了一圈，刷毛间两片细小的反光触目惊心。钟泽很快被送去医院，我顾不上解释，只让李然先和我一起，把李尔岚扣在客厅，问她为什么这么做。

“我不明白你们的意思。”

她面无表情地坐着，血丝密布的眼睛犹如一潭死水。

我长出口气：“我也不明白你在想什么，孩子还没找到，你却想杀你老公。”

这话一出，李然震惊地看向我，李尔岚却只是微微一笑：“你说什么呢，我们是夫妻，我怎么可能想杀他？”

“我也想知道，你们是夫妻，你为什么要杀他。”

李尔岚不再说话，只是死死盯着我。

“你很爱孩子，手机屏幕是孩子的照片，你们有一套亲子睡衣，卫生间里孩子的洗漱用品都很干净，儿童电动刷头还特意拆下来放在盒子里，避免细菌污染。”我一字一顿，“那你知不知道，现在孩子下落不明，你占用的每一份警力，都是在把孩子往绝路上逼！”

“我没有！”她终于有了情绪波动，“不是我要害旭旭，是那个混蛋，那个畜生……”

“你觉得钟泽想害孩子，所以要杀了他？”

李尔岚浑身发抖，又陷入了沉默。我从兜里摸出物证袋，里面是两粒细小的玻璃碎片。

“你觉得，你还觉得警察很好糊弄？打碎装过毒物的玻璃瓶，冲进下水道，就万事大吉了？你知不知道，只有一百度的高温才能破坏这种毒素！”

我当然不确定这两粒碎玻璃还能不能检测出肉毒素，也不确定钟泽是不是真的就是肉毒杆菌中毒，但我确定，她没有专业知识。她惶恐地看了眼证物袋，攥紧拳头抵在膝上，肩背僵硬得肉眼可见。

临门一脚，我突然缓和了语气："听我一句，说实话，我愿意拉你一把，不会把你往绝路上推。你应该清楚，坦白对你只有好处，你不是还要接旭旭回家吗？"

李尔岚眼泪决堤，尖叫着怒吼："你不知道！你根本不知道，旭旭回不来了！绑架旭旭的，就是钟泽！"

她说，钟泽是个变态。钟泽是李尔岚的学长，当年在校内是风云人物，传言女朋友换得比内裤还勤。李尔岚和前男友闹别扭时，钟泽强势插足，体贴入微，常常花几千块买演唱会或舞台剧的内场票，约李尔岚去看。起初，李尔岚不是很信任他。但钟泽坚称，那些流言蜚语都是被他拒绝的女孩儿胡诌的，他家教很严，思想传统，一辈子只会爱一个女人。

面对有钱有才的钟泽，李尔岚很快沦陷，但她没想到，钟泽是个 S（性施虐者）。钟泽在婚后开始诱导李尔岚，夸她练舞蹈身体柔软，想尝试更有情趣的方式，后来变本加厉，羞辱、鞭笞、各种道具、玩法花样百出……这些都让李尔岚苦不堪言。

“我不是没想过反抗，”她捋高袖子，给我们看她被手铐磨出的旧伤，“但他说，如果我爱他，就应该对他言听计从……他就是个畜生，可我、我那时真的好爱他！”

钟泽对李尔岚的控制，从身体上升到了精神。长期处于弱势的李尔岚，为了博钟泽欢心，完全舍弃了尊严。可钟泽却因为风言风语怀疑她出轨，有一次同学聚会，钟泽正巧在外出差，李尔岚喝得有点多，是前男友送她回的家。钟泽知道后大发雷霆，质问他们是不是旧情复燃。李尔岚哭着求钟泽原谅，发誓再也不和除他以外的男人接触。但钟泽不信。而我也才知道，李尔岚的那个前男友，就是许文瑞！为了折磨李尔岚，钟泽录用了许文瑞做助理，坚称想帮老同学一把。

“他在撒谎！”李尔岚情绪激动，“他精神不正常，他有被害妄想症！”

李尔岚称，钟泽越来越多疑，钟子阳病逝后，他竟然伪造了一份亲子鉴定报告，坚称两个儿子并非己出，烧毁了所有全家福，还借故对她实施了性暴力。不仅如此，钟泽更用不雅视频威胁李尔岚，让她陷害“奸夫”许文瑞挪用公款，将他送进大牢！

“他疯了，他要让我一辈子不好过……我早就知道，旭旭是他绑架的，他根本不是为了救旭旭报警，他打我、摔花瓶，都是为了把事情闹大，好让他有理由报警害死旭旭！他只是找了许文瑞做他的替死鬼，就像当年他让我做的事！他太聪明了，他知道怎么骗你们……”

李尔岚说，许文瑞坐牢后，他谈婚论嫁的女友跑了，本就体弱的老母亲变得痴痴呆呆。钟泽一定暗中给了许文瑞一大笔钱，诱导他向她复仇。他故意不按照话术沟通，就是为了提醒许文瑞，这样他不仅把自己塑造成了一个悲惨的好父亲，还能借许文瑞的手，完成对她和孩子刻骨的折磨。

“他不是人，他是魔鬼……”李尔岚神经质地晃动身体，“他要逼死我，还要逼死孩子……我不能让他得逞……我只能杀了他，送他去给旭旭赔罪！”

一年前，李尔岚从朋友那儿搞到几盒肉毒杆菌毒素，一直用来美容。在她发现钟泽竟然狠到不顾孩子安危时，她将剩下的所有肉毒素倒出来集合到一起，注射进味道刺鼻的蓝纹奶酪中，给钟泽做了份“最后的晚餐”。由于担心暴露，李尔岚把空瓶砸碎，分几次扔到马桶冲走，却没想到反而引起了我的怀疑。话到这儿，她犹如被雷击般僵住，继而伏在茶几上放声大哭。然而在医院，我们从钟泽口中，听到了一个截然不同的故事！

钟泽解毒后，挣扎着抓住我的手：“抓、抓那对奸夫淫妇！”

他声称李尔岚伙同许文瑞骗他的钱，他不会让他们得逞。他还说，钟子旭是许文瑞的儿子！

钟泽爱过李尔岚，爱到不惜折辱她、贬低她，把她从千金小姐改造成奴仆，只为了将她彻底控制住。而等钟泽发现李尔岚和许文瑞仍在联系之后，他开始痛恨她，但又要把她牢牢绑在身边。他要让许文瑞知道，李尔岚是他的女人。为此，他将求职碰壁的许文瑞招为助理，呼来喝去，让他看着自己娇妻美眷、生活光鲜。

钟泽以为自己赢了，却没想到，许文瑞借着助理的便利，又和李尔岚搞在了一起。两年前钟子阳重病，他意外发现孩子的血型和自己不匹配，再一查竟发现子阳并非亲生！

钟泽想起李尔岚怀孕那周，他去深圳参加了几天企业家活动，而许文瑞刚做了切盲肠的手术，留在本地处理公司事务——他们有太多幽会的机会。他怒火中烧，和李尔岚大吵一架，第一次对她动了手。面对铁证，李尔岚还咬死不认，坚称孩子是钟泽的，天天以泪洗面扮可怜，拿他当傻子耍。钟泽终于意识到，李尔岚就是个荡妇。大学时的那些流言蜚语在他脑子里越扎越深，他曾经有多爱李尔岚，现在就有多恨她；同时，也更恨许文瑞。

“她知道我离不开她，”钟泽字字泣血，“这个恶毒的女人……仗着我对她的爱，吃我的用我的，还要我替她养野种！”

我皱起眉头：“所以，你故意暴露，就是想让许文瑞杀了孩子？”

钟泽一愣，呼吸急促却不说话。

我怒上心头，一把抓住他衣领：“你疯了！那只是个五岁的孩子，你良心让狗吃了！”

钟泽用力打开我的手，目眦欲裂：“良心？没良心的是李尔岚那个贱人！她和那两个该死的野种都该去死！还有许文瑞……这个杂种，是我给他饭碗，他敢搞我的女人！”

钟泽早就受不了这种表面光鲜、内里一泡粪的日子，但他不会离婚，他要一辈子羞辱李尔岚，让她求生不得，求死不能。在得知许文瑞有犯罪嫌疑的那一刻，钟泽就知道，这起绑架案，是他和李尔岚演的一出戏。

“我早就知道不对劲，她不同意报警，非要让我拿钱赎人，”钟泽喘着粗气，即使身体再难受，也要痛斥李尔岚，“是她送孩子去学游泳，我的钱！她那么关心孽种，怎么可能不知道孩子在哪儿上课？她演得真好啊，这些年她都是这么跟我演戏的，都他妈能拿奥斯卡了，眼泪说掉就掉，她就是想让我心软，然后拿钱给她的姘头！”

钟泽称，在孩子喊出“爸爸”时，他确实心软过，但一想到李尔岚伙同许文瑞，用孽种威胁他给钱，他气不打一处来，完全丧失了理智。

“有本事他就弄死他儿子，呵……你觉得他敢吗？他们想要钱，我不可能给，我凭什么给！现在好了，儿子他带走了，让他去养那个野种吧，他如果养不起就弄死啊！别想再拿我当凯子，妈的……李尔岚还要杀我，我死了，她就能和姓许的双宿双飞！我要告他们杀人，让他们坐牢坐到死！”

两个迥异的说辞，让我们面面相觑、焦头烂额。更焦头烂额的是，许文瑞归案了——独自一人。

同僚通过目击证人指认，在西郊靠东的省界线上按倒了许文瑞，又在小冲坡一栋废弃工厂内发现了钟子旭的尸体。我拿着物证资料走进审讯室时，许文瑞被铐在椅子里，低着头，精神恍惚。我没落座，站着深吸了几口气，仍然没能压下心头的火，终于抄起文件砸向桌面，指着他怒斥。

“我告诉你，就算你在这儿坐一宿不开口，照样有证据抓你！绑架是一回事，杀人是另一回事，你觉得自己跑得掉？做梦！”

许文瑞被吓得抖了抖，我用力一拍桌子：“你还是不是人？孩子才五岁，五岁啊！”

记录的同僚来拉我，许文瑞却突然挤出声变调的哀鸣：“我、我不想的……我没想过伤害孩子，对不起……我只是想带他走，换个地方，他不愿意，他说要等爸爸来接他……我想抱他，他跑，我没抓住……是意外，我没想到他会摔下去，正好摔在钢筋上，对不起，对不起……”

他不断抓扯头发，几近崩溃，身子不断前后晃动，将审讯椅撞得砰砰直响：“是钟泽，他如果不说那句话，孩子就不会……孩子死了，他也要负责任！这个王八蛋……我只想要钱，我去找过他，王八蛋，我求他借点钱，可他说一毛都不会给我，我才会……”

“所以你就去找了李尔岚？”

许文瑞满脸是泪：“李尔岚，李尔岚也是个王八蛋……我想找她，可她把我拉黑了，我用同事手机打给她，她听出是我马上就挂了……我以为她对我起码有点愧疚！这对狗娘养的……三百万对他们来说算什么？一千多万的别墅买得那么干脆！王八蛋……”

我让许文瑞说蒙了：“你同伙到底是谁？”

许文瑞也蒙了：“同伙？我哪有什么同伙，要是有人帮我，两个大人还抓不住一个孩子吗？我真的只是想要钱……那是他们钟家唯一的血脉啊，怎么……怎么会不给钱呢……”

绝望的许文瑞几乎问什么答什么，他坐过牢，清楚只有说出实情，才有机会轻判，也才有机会给老母亲送终。而在他的故事里，没有钟泽和李尔岚。许文瑞萌生绑架的想法，只是一个偶然。他在为户外游泳馆维护净水设备时，意外碰见了钱芳春和钟子旭。

许文瑞的母亲重病卧床，急等钱救命，可他才出狱不久，根本拿不出手术费。医院天天催款，他迫不得已，才觍着脸，前后脚向钟泽和李尔岚借钱。没想到，钟泽不仅挖他墙脚、害他坐牢，还挖苦他穷逼就该等死，而李尔岚又翻脸不认人，不念一点旧情。两个铁公鸡家财万贯，却一毛不拔，任由许文瑞母亲在病床上苦苦挣扎，他越想越气，终于决定铤而走险，以孩子作为要挟，逼钟泽和李尔岚就范。

案发当天，许文瑞知道老板有事外出，特意选在那个时候为游泳馆更换过滤砂缸。老板对他印象不错，放心把钥匙给了他。钱芳春替孩子买烤肠时，水杯就放在塑料桌上，许文瑞便趁机将甘露醇投入茶杯。等钱芳春拉肚子后，他用剑龙挎包吸引钟子旭注意，将孩子引诱到角落迷晕，藏进了净水系统库房，然后大摇大摆地离开游泳馆。

为了不被李尔岚认出来，他用 AI 语音打了电话。原本他的第一人选是钟泽，但那时钟泽刚上飞机，电话根本打不通。这也是为什么第二通电话，他直接打给了钟泽。许文瑞以为，钟子阳早夭，钟子旭应该备受宠爱，他能很轻松地拿到三百万为母亲治病。

意识到钟泽报警后，他大受打击，对钟子旭也开始恶言相向。孩子害怕，只想找爸爸，这才失足坠楼。钟子旭血溅当场，许文瑞六神无主，扭头就跑了。他没想到，那会儿孩子还活着。法医鉴定，钢筋没有伤及要害，如果及时送医，孩子还有救。但在巨大的恐慌下，孩子不断挣扎，最终失血而亡。

从审讯室出来，李然提了个猜想，我和老何没敢信，她却坚持调查。拿到结果时，我一阵天旋地转，坐在队里发了一宿的呆。

案子结束后，我提了瓶酒敲开师父家门，冲他咧嘴一乐：“明天不上班吧？”

彼时，师父已经辞职半年有余，在一个房地产集团做安保负责人，薪资水涨船高，人也精神了不少。他侧身让我进屋，我们喝到凌晨，大半时间都是我在喝，他在看。

白酒快见底时，我打了个酒嗝：“师父，人与人之间的信任，就那么不堪一击吗？我到现在也没想明白，哪里出了问题，会让一对夫妻互相猜忌到想要杀了对方？甚至害死了两个孩子……你知道吗，那孩子……”

“是钟泽的吧。”师父平静地接了话，“应该说，钟子旭是钟泽的孩子，钟子阳是许文瑞的孩子。”

我登时愣了，脱口而出：“你怎么知道？”

师父说得不错，李然最后坚持调查的正是亲子鉴定，她认为钟泽不像李尔岚说的那样有被害妄想症，他只是过度自负，无法容忍自己的“所有物”被其他男人染指。既然他认定孩子并非亲生，必然有他的理由。钟泽是AB型血，李尔岚是A型。两年前，钟泽发现钟子阳竟然是O型血，立刻做了亲子鉴定，结果显而易见。而许文瑞的血型，正是O型。盛怒的钟泽放弃了对钟子阳的治疗，导致孩子病死。

同样，她也认为李尔岚不像钟泽说的那样放荡，她信守承诺，与许文瑞断绝了一切联系。钟泽得知的怀孕日期，并不是真正的受孕日，医生往往按照末次月经时间推算，在这个日期上，还要再加上两周，才是准确的怀孕时间。也就是说，即使在钟泽出差深圳时，李尔岚和许文瑞幽会，她也不可能受孕。果然，钟子旭和钟泽一样，是AB型血，亲子鉴定结果显示，血缘关系99%。

李然对我说："医学上有一个说法——异父同期复孕现象，万中无一的概率。也就是母亲排出了两颗卵子，在极短的时间内和不同人发生性关系，两颗卵子被不同的精子受精，形成异卵双胞胎。这种事，很多人甚至听都没听过，我也是在课题调研的时候，才接触过相关案例。所以，钟泽发现钟子阳并非亲生后，根本没想过给钟子旭也做一次亲子鉴定。"

而李尔岚坚称孩子是钟泽的，甚至认为他伪造了鉴定报告，因为她并不知道，许文瑞曾在她不知情的情况下，和她发生了性关系。

据许文瑞回忆，盲肠手术前，他到家里给钟泽送合同。钟泽觉得条款苛刻，打电话和对方董事长沟通，他憋了半天尿，实在没忍住去找厕所。一楼厕所门把坏了，他就上了二楼，路过卧室时，听见了一些窸窸窣窣的异响。他推开门，竟然看见李尔岚被绑在椅子上，戴着眼罩、口球，一丝不挂。

想到前女友委身人下，玩起了这种变态游戏，加上钟泽连日的冷嘲热讽，许文瑞血冲脑门，鬼使神差地拉开了拉链。由于太紧张，他很快缴了械，又害怕被钟泽发现，提上裤子就跑，装作上完厕所的样下了楼。李尔岚不知道，钟泽也不知道，连许文瑞都不知道，就这一次，竟然让李尔岚受了孕。

从那天起，三个人，连带两个孩子的命运，向悲剧的方向笔直行进。最终，钟子旭被父母的互相猜忌害死。

我是看过了鉴定报告才知道来龙去脉，师父却轻而易举找到了答案。我苦笑着端起杯子，那口酒却再也喝不下去。“师父……”我抹把脸，“你回来吧。我跟了你三年，以为学得够多了，今天才发现，我简直……你要是回来，咱们可以解决更多案子。”

他却摇头：“每个案件都存在物证、嫌疑人、被害人以及犯罪现场，在四个元素间建立足够多的关系，就能找到真相——这是每个刑侦人员都做得到的事，我做得到，你也做得到。你是干刑警的料，直觉敏锐，共情力强，可以做得比我更好。”

我也摇头：“你能从蛛丝马迹里推出真相，我呢？两眼一抹黑。”

我放下杯子，拿起酒瓶给师父倒酒，苦笑道：“要是你在，肯定早就察觉李尔岚想干什么。那么紧急的时候，她还拿出那么贵的东西，贵到我都不敢下筷子……”

话到这儿，我脑子里突然回想起一个场景：在那件三十年前的白骨案中，真凶杨乾元家客厅里稀烂的茶几旁，只有一个杯子和一瓶茅台，显然杨乾元在即将被抓的恐惧下，醉酒发疯，畏罪跳楼。当时，杨乾元穷困潦倒，经常来队里闹事，找师父要钱。我舍不得吃两万一块的奶酪，即使今天来找师父叙旧，带的也不过是瓶金沙酒。杨乾元怎么舍得，或者说怎么有钱喝上千块的茅台？

那瓶酒，是别人带去的。

我浑身过电一样僵住，就听“吭”的一声响。

师父手拿打火机点了根烟，笑着问我：“你想到什么了？”

09

黑暗的回望

梁真真

我被偷拍了。

摄像头只有指甲盖那么大，就藏在卫生间的插座里，整整半年。从插座的角度，可以看到我上厕所、洗澡的所有画面。

半年前，前房主阿姨急用钱，低价转让位于老城区的房子。我掏空积蓄，买下这套二手房，又向朋友借了几万块，将七十平方米的小窝装点得格外温馨。我以为我捡了个大便宜，把这里当成漂泊后的港湾。可万万没想到，它却是绝望的开端。

房主阿姨告诉我，老房子的线路有问题，不要在卫生间使用吹风机，否则会跳闸。装修时我把这件事告诉了工人和物业，刚搬家那段时间我又向朋友和男友抱怨过，我身边很多人都知道我不会动这个插座。

那天，我买了一把电动牙刷，想着功率低，应该不会触发短路，就把充电器插了上去。我没能给牙刷充上电，却发现了针孔摄像头。拔出机器的那一刻，我的心几乎跳出喉咙，脑海中不断闪过自己在卫生间的场景：上厕所、脱衣服、洗澡，甚至……我被恐惧攥紧了喉咙，踉跄着走回客厅，在电脑上拼命搜索“针孔摄像头”，但什么也搜不到：购物网站屏蔽搜索结果，只有资讯网站上一条条可怕的新闻。

我不知道去哪儿获取摄像头的资料：是什么样的人在卖它？它能拍得多清楚？可不可以顺着它找到背后那个人？我什么都不知道，只有脸在发烫，而手脚一片冰凉。

以前，我很喜欢看生活类的网络直播，觉得镜头中他们的生活亲切解压，然而此刻看着屏幕上形形色色的直播镜头，我只剩下头晕目眩。那些花花绿绿的页面，化成了一头满身眼珠的怪兽，散发着恶臭向我扑来！我仓皇逃出家门，蜷缩在走廊上，想给男朋友打电话，却又僵住了。

我男友方志新是社交圈的明星，聪明上进，人生没有半个污点。我一直羞于和他做对比，才会拼尽全力在结婚前买房，想要证明我足够独立，能配得上他。我很爱他，他也一样爱我，全身心都扑在我身上。在他的提议下，我们共用一个网络账户，我能看到他购买的生活用品、电子设备、专业书籍，他也能看到我的消费记录。有一次，我招待外地朋友，团了一间精品酒店，他马上打电话来追问，吓得我连连道歉。他是那么在乎我，如果知道我被人偷拍了，我无法想象他会有多生气。

我不能告诉他，也不能报警。为了这套房，我花了太多钱，工作、生活都和它牢牢绑在了一起，我没有能力承担失去它的风险，我只能继续在这住下去。这就表示，安装摄像头的人可以轻易找到我。如果我报警，即便警察抓捕了偷拍者，能关他多久？十天？一个月？半年？等那个混蛋出来，他会怎么报复我？一旦事情曝光，周围的人又会怎么看我？他们会笑我蠢，竟然时隔这么久才发现，然后指着我的脊梁骨告诉别人：看，就是这个女的，当代艳照门。

那样的话，我还怎么活……

那天晚上，我疯了似的翻查所有房间，用网上教的方法一遍遍检测插座、电器、挂画，甚至是自己的布娃娃。所幸家里只有一个摄像头，我才稍稍冷静了下来。

我想起了负责装修的陈师傅，他年近五十，生得矮矮壮壮，问我为什么不全程监工。我说工作忙，也不想麻烦男朋友。他就笑，夸我这么独立的女孩儿是“宝贝”，还告诉我装修市场水很深，要多留心眼。当时，我觉得他是个大好人，现在却为那声“宝贝”毛骨悚然。

我又想起陈师傅的徒弟，一个二十出头的精壮男人，很少说话，总是埋头做事，看上去老实又淳朴。但我给他倒水时，他却碰了我的手。还有那个姓蔡的物业，上门登记住户信息时，问我是不是单身。我告诉他我有男朋友，他就笑我傻，说买房的事应该让男人做，女人买房吃亏。他知道我一个人住，知道我上下班的时间，每次在小区碰见，他都会冲我笑。搬家第一天，我邀请了不少同事和朋友，大家喝酒喝到后半夜。一个追过我的男同事，在厕所待了很长时间，我以为他喝多了去吐，还拿了牛奶让他养胃。如今回想起来，我根本不清楚他在厕所干了什么。

我不知道还能相信谁，我平等地怀疑每一个人，平等地痛恨那些原本悦耳的夸赞，如今它们都变成了藏在黑暗里的眼睛，从四面八方死死地窥视着我！

我必须抓出那个混蛋，让他停止这种令人作呕的行为。说干就干，我开始了第一步计划。

第二天，我给陈师傅发短信，告诉他我想把卧室窗台改成柜子，问他能不能做。他很快回复说可以。我又表示活比较大，问他几个人来，他说会带徒弟。这是我一箭双雕的好机会。

为了安全，测量那天，我特意约了两个闺蜜来家里吃饭。把陈师傅师徒引进卧室后，我指着窗户敷衍地提了些要求，又说朋友来访，不能一直待在卧室，麻烦他们自行测量。等他们开工，闺蜜都在厨房洗菜收拾，我悄悄躲回了卧室门口。只见陈师傅拉开卷尺，招呼徒弟丈量窗台尺寸。徒弟拨开窗帘，一个黑乎乎的东西"啪"一声掉在地上，他弯腰把那东西捡起来，放在手里反复打量。

那是我拆下来的针孔摄像头。陈师傅师徒上门前，我提前将摄像头挂在了窗帘内侧，他们测量窗台一定会碰到窗帘，摄像头就会跌落。如果他们二人或其中一人安装了摄像头，看到实物时，必定露出马脚。

我躲在门口，手心全是汗。

陈师傅问是什么东西，徒弟迟疑了一会儿："摄像头？"

陈师傅乐了："卧室里会有这东西？"

徒弟拽着数据线："这个圆圈不就是镜头吗，还有线呢。"

陈师傅顿住了，又问："摄像头，放卧室？"

徒弟笑得隐晦："情趣呗。"

陈师傅瞪了他一眼，抓过摄像头放在床头柜上："胡咧咧，做事！”

这之后，两个人都没再碰过摄像头。测量很快结束，徒弟去上厕所，陈师傅却把我叫进卧室，问床头柜上的东西是不是我的。我犹豫着点了点头，他似乎松了口气。

我问怎么了，他正色道：“之前给一小姑娘粉刷墙壁，她租的房子，空调机盖里也薅出来这么个东西。你们小姑娘家，一个人住，千万提防着点。还好这是你的，那就没啥问题了。”

看着表情严肃的陈师傅，我忽然有些愧疚。他只比我爸小几岁，真把我当小闺女提醒，我却认为他是个变态。而陈师傅的徒弟，满脸困惑地翻查摄像头，也不像安装的人。我满怀歉疚地送他们出门，陈师傅表示自己手头活多，过两天买齐材料，由徒弟替我安装。我点头应下，挥手道别，徒弟却突然冲我意味不明地干笑了两声，其中夹杂着古怪的轻浮。

恐惧瞬间窜上了后背，我直勾勾地盯着他，见他单手比画了一下镜头，或者更恶心的东西，带着餍足的表情离开了。我僵立在原地，猛然想起他上过厕所，转头跑回卫生间，用力撬开了插座——里面什么都没有。

闺蜜问我怎么了，我没答，偏执地搜查了卫生间所有可能安装摄像头的地方，却一无所获。我脑子里一团乱麻，整顿饭也没吃好，等朋友走后，马上向陈师傅要了徒弟的微信，问他到底想干什么。他发了几个“呲牙”表情，反问我咋了。

我鼓足勇气，打字的手都在发抖：“我警告你，如果你再骚扰我，我就告诉陈师傅！”

他又发来几个“惊讶”表情：“美女，跟你开个玩笑，生气了？”

“这是开玩笑吗？你这是犯罪！”

他隔了两分钟才回复：“你有病吧，不就比了下镜头，咋犯罪了？你在卧室放那些东西，我开个玩笑还上纲上线，装什么纯。”

我气得眼泪直打转，刚想质问他怎么有脸倒打一耙，却又愣住了。如果他是偷拍者，肯定知道“犯罪”意指何事，不会纠结手势的问题。难道……不是他？犹豫一阵后，我试探性地说已经知道了他在厕所干过什么。

他很生气：“干了什么？在你家撒尿也犯罪了？”

偷拍的人不是他。我呆坐在客厅，望着越来越陌生的家，心跳如擂鼓。

找不到偷拍者，我根本不敢用厕所，不敢洗澡，只能在盥洗池对付着洗头；晚上睡觉也永远穿得严严实实；志新来家里，我也不愿让他过夜，吃完饭就撵他回家。才一个星期，我的生活就全然偏离了轨道。

第二次拒绝志新时，他明显很不高兴。我知道，我必须尽快把偷拍者抓出来。下一个目标，是曾经追过我的男同事吴岩。

我找了个女同事，假称为独居安全着想，准备在家门口装监控，但怕邻居反对，所以想装针孔摄像头避人耳目，正好听说吴岩有门路，请她替我问问。女同事很诧异，问我怎么不自己去打听，我只好以避嫌为理由，担心吴岩多想。

两天后，她回复我：“你从哪儿听说小吴有门路？”

我支吾着没答。

她又道:“你这消息也太不靠谱了，人家根本不知道，搞得我很尴尬。”

我问她，吴岩是真不知道，还是装不知道，她直说同事这么久，是人是鬼她会分。我们正聊着，吴岩突然凑了过来。我瞬间吓得浑身僵直，他忙说找女同事有事。女同事搡了我一把，让他直说。

他犹豫着开口:“上次你问我……能说？就是针孔摄像头，我找朋友打听了，这东西市面上不敢卖。我朋友说，要买得走特殊渠道，但怎么买他也不太清楚。我觉得吧，装监控没什么问题，现在很多人都会在家门口装。最多跟邻居沟通沟通，而且要真拍下了小偷，对大家都好嘛。”

女同事冲我挤眉弄眼:“就是，我也觉得装个普通摄像头就行。”我低着头，没敢接话。等女同事离开，吴岩敲了敲桌面，问我是不是碰上什么事了。我错愕地看着他，他道:“最近，我看你精神好像不太好，我猜——”

我浑身窜起鸡皮疙瘩，既想听他承认偷拍，又不敢面对这个结果。谁知他说:“你跟男朋友吵架了？我知道你们感情好，我不是挑拨，但如果他真敢欺负你，你告诉我，我随叫随到！”

面对吴岩真挚的表情，连日来积压的无助险些爆发，我眼眶发热，道谢的声音都在颤抖。就在这时，我的 QQ 收到了一条好友申请。通过后，对方发来两条信息:一张闪照，是我的裸体；后面跟着一行文字:“骚货，是你吗？”

我浑身冰凉，强忍着恶心问他是谁。他只是反复问，是你吗？是不是你？你喜欢自摸？

那个下午，我精神恍惚，由于填错报表，被领导劈头盖脸地骂了一顿。下班后，吴岩又来找我，我避开他冲出了公司。我不想回家，志新约我吃饭，我只能骗他和同事聚餐。我也不敢在外面开房，他会知道，而我没法解释。直到将近十二点，我才拖着疲惫的躯体走向家门，却看见了蔡物业！

他正站在防盗门前，扒着猫眼往房里看，宛如一条肥胖的蛆虫。偷拍的人不是陈师傅和他徒弟，不是吴岩，只能是他！我的心提到了嗓子眼，呵问他在干什么。

他回过头冲我笑："下班这么晚啊？我给你送电费单，再不缴就要停你家电了。"

我想跑，却迈不动腿，只能紧紧攥着手机："我警告你……离我远点！你结婚了吧，对得起你老婆孩子吗？别以为我好欺负，我现在不报警，是给你留脸，你如果继续干这种下三烂的事，我就告到你公司，让你老婆也知道！"

蔡物业扬起了眉毛，递过来一张纸："说什么呢，电费单，给你送电费单。"

借口，都是借口。我一把打掉他的手，呵斥着让他滚开。他才终于被吓到，连退了好几步。我匆匆拉开门跑进屋，反手上了锁。然而，门外没有脚步声。我提心吊胆地看向猫眼，里面一片漆黑。他在门口，还在贴着猫眼往里看！

我捂着嘴滑坐在地上，浑身都在发抖。手机突然又收到了一条信息，还是那个陌生人："骚货，怎么不回话？"

我顾不上抹去蒙住双眼的泪水，当即回复他："我说了离我远点！我会告诉你老婆！"

过了很长时间，他都没再回复。我的心终于落地，暗自庆幸总算清静了。

此时，手机却恐怖地震动了起来。他发来一行字："你根本不知道我是谁。"

吴岩

我摸了摸她的脸，她已经死了。微光下，那张秀丽动人的脸布满了泪痕，却依然那么美。

梁真真第一天进公司，我就看上了她。她个子娇小，胸部丰满，皮肤白皙，发型是我最喜欢的黑长直，虽然素颜只有六分，但笑起来很纯，化了妆更让人眼前一亮。而且她性格很好，温柔节俭、勤勉上进，很少点外卖，总是用一只鹅黄色的饭盒自备工作餐，看得出厨艺不赖。能和这样的女孩儿谈恋爱，实在是三生有幸。可惜有人捷足先登，不过我相信，没有挖不动的墙角，只有不努力的锄头。

我向梁真真百般示好，在工作上提点她，替她争取好项目，给她买早餐、点奶茶，帮她对付难缠的客户。可忙活来忙活去，她仍然一颗心扑在男朋友身上，还为了他拒绝我送的生日礼物。我从没想过自己竟会在情场失手，直到我在她家厕所发现了一个摄像头。

那天，梁真真搬新家，请了一帮同事温居。她男友方志新也在，两人恩爱得很，大家艳羡不已。我知道是姓方的特意做给我看，想让我知难而退。看见梁真真依偎在方志新怀里，我气不打一处来，逮着他拼酒，把他喝吐两轮，自己也上了头。

酒过三巡，我去厕所放水，满脑子都是梁真真被姓方的压在身下的画面。她那头漂亮的黑发凌乱地铺在枕头上，柔软的嘴唇一开一合，喊着方志新的名字——如果，她喊的是吴岩……

或许想得太入神，又或许酒劲遮眼，我按冲水按钮时不小心打翻了水箱上放的肥皂盒，肥皂水泼上裤子，滑腻腻的特别恶心。我忙去盥洗池边清洗，可打湿的部位很尴尬，我又只好找纸巾擦，一面想着如果有电吹风就好办多了，一面下意识看向了插座。

插座里似乎有什么东西，从某个角度，甚至能看到一点几不可察的反光。我太阳穴一跳，忙凑近打量——那绝对是个针孔摄像头！

说来也巧，梁真真请客时我发现地段很眼熟，细问才知道她买的是一套二手房。而这套房子，是我初中同学宋明家的老房。宋明这个孬货，从小就不学好，喜欢掀女同学裙子，还因为偷窥女厕所被请过家长。我立刻意识到，摄像头很可能是他装的！

不过这件事，我没告诉梁真真。

两天后，我托朋友联系上宋明，把他约出来吃饭。他比初中时更胖，戴着黑框眼镜，肥头大耳，面目可憎。几瓶酒下肚，我把手机递到他跟前，屏幕上是插座的照片。他明显愣了愣，低着头在一盘烤串之间来回犹豫，却迟迟不敢下手拿，显然是慌了。

我乐了："我也不跟你绕弯子，房子在我同事手里，你没机会回收内存卡，所以应该是实时上传数据。看到我了吧？”

宋明舔着嘴，只敢心虚地笑。他闯女厕所那次，是我把他拖出来按在地上打，这么多年，他还是很怵我。

我收回手机：“老同学一场，我不会说出去。不过她是我要的人，你这么搞，我很没面子的。”

“岩哥，我，没看到哪样，”他搓着手，看起来很紧张，“本来也不是为了拍嫂子……”

“我不管你拍谁，这事有我保你，你不能让我难做。把云端和你存下的数据全部给我，我会找机会把摄像头拆了。这件事，可以当作没发生过。”

宋明支吾一阵，竟然谄笑道：“那个……设备挺贵的，花了点钱才……”

我用力拍响桌子：“不告发你已经不错了！想进号子直说，还省得我费劲替你遮掩！”

宋明一会儿扶眼镜，一会儿擦汗，熬了半天，终于为难地点了点头。

当然，我根本没想过拆摄像头。我需要更了解梁真真。

拿到云端，我才知道，原来她喜欢刷牙时玩手机，洗澡前一定先上厕所，打完护发素会把头发高高挽起，露出漂亮的脖子，还会很仔细地清理私密部位。而我也得以对症下药：每逢她经期，我就贴心地买热饮；她闹肚子，我就假装凑单，多买一盒胃药；她喜欢用哪款沐浴露，我也买同样的味道。渐渐地，她觉得我和她很有默契，虽然仍不接受我的示爱，但我们的话题变得越来越多。

直到一个女同事问我，知不知道哪里能买针孔摄像头。那一刻，我几乎用尽全力，才控制住面部表情。梁真真发现了摄像头，她在怀疑我！

不过奇怪的是，她虽然很害怕，却一直没报警。我摸不准她想干什么，但看着她日渐消瘦的面庞，我想到了一个绝妙的计划，既能打消她对我的怀疑，还能让我和她走得更近。我从梁真真的洗澡视频里截取出几张裸体截图，交给宋明，让他以偷拍者的身份，主动联络她！

虽然花了点钱，但只要能追到她，这都是必要的开支。宋明果然会来事，那天，我刚跟梁真真分开，他就找上了她。有了宋明的助攻，梁真真越来越依赖我，我也更加对她体贴入微。果然，女人对能照顾她、保护她的男人，会由感动生出迷恋，尤其是梁真真这种单纯的女孩儿。她早晚会爱上我。

她不愿意回家，我就约她吃饭；她想一个人静静，我就默默地跟在她身后，把她安全送到家；无论她难过还是快乐，我都会及时出现在她身边。她总会说“谢谢吴哥”，而不出两个星期，她已然改口：“吴岩，你真好。”

我欣喜若狂！不过，还差点火候。没有抓到偷拍者，她对男人仍然保持着距离，而我需要她彻底向我敞开心扉。我让宋明加大骚扰力度，在梁真真濒临崩溃时，请她吃了顿饭。

在包间里，我面色凝重：“真真，我知道你碰上事了，你最近工作频繁出错，整个人都瘦了一圈……你坦白告诉我，是不是你男朋友欺负你？”

她眼眶发红，一个劲摇头。

我拍响桌子："如果不是他欺负你，你怎么会这样。你还拿不拿我当朋友？我说过，只要你有事，我随叫随到。就算你欠了高利贷，我倾家荡产也会帮你！"

她咬紧下唇，眼泪眼看就要往下掉。

我摸出银行卡递给她，被她推了回来："吴岩，不是这回事，我……我不知道该怎么说。"

"有什么事不能跟我说？谁欺负你，我跟他拼命。"

她扭捏了很久，终于开口："我被人偷拍了……我不知道该怎么办，我找不到那个人，我……"

话没说完，她已然掩面而泣。

我急忙赶到她身边，将她轻轻搂进怀里："你别哭，这不是你的错，不该让你一个人承担。你放心，只要我在一天，就不会让任何混蛋伤害你。这件事……你告诉你男朋友了吗？"

她埋在我怀里摇头，说担心方志新生气。我告诉她，她男朋友占有欲这么强，绝对不会容忍女朋友被别人看光身子，不告诉他是对的，接着乘胜追击地宣布我会保护她，会跟她一起把偷拍者抓出来。我让梁真真联络偷拍者，向对方示好，约他去酒店，用春宵一度换她的洗澡视频。

起初她不愿意，我表示不是要她真的和偷拍者上床，是用这个法子把偷拍者引出来。只要对方现身，我就狠狠把他揍一顿，让他再也不敢骚扰她。梁真真担心我对付不了偷拍者，我拍着胸脯保证，这种社会的渣滓只敢借助网络的遮蔽去作恶，现实中绝对是个手无缚鸡之力的废物。劝了一个下午，她才终于同意。送她回家后，我和宋明通了气，又给他打了笔钱，让他在赴约当天装得像样一点。

与此同时，我想到了另一个计划。我有信心，当两个计划同时实施，梁真真一定会被我拿下。

袁政

六月十二日二十三点十五分，辖区派出所接到警情，蓝山小区三栋二单元发生恶性凶案。二十分钟后，我被老何一通电话摇醒，带队赶往案发地。

七十平方米的小户型不设玄关，房门正对客厅，右手边一条岛台餐桌，往里是厨房，左手边的走廊连接着卧室和厕所。客厅靠右墙摆一道布艺长沙发，左墙安装着液晶电视，靠窗台一侧是摆放着装饰品和奖杯的壁龛，中央一条矩形钢化玻璃矮几，几下铺设橘粉色毛绒地毯，布置得很温馨。

但此时，屋里一片狼藉。茶几左下方不远，有一摊摩擦过的血泊，应该是踩中滑出的痕迹，四周留有零星滴落状血迹。茶几正对血泊一侧，分布着几处血点，右角有些许破损，尖端血迹斑斑。一名年轻女性平躺在沙发上，上身染血，面部、颈部均有淤青，甲缝残留着皮屑组织，已失去生命体征。茶几破损角旁则是一名青年男性的尸体，半张着嘴，裤子凌乱扣着，右手握有一柄水果刀，刀面全是血。

同僚称，报案人叫方志新，左臂被割伤，失血量较大，已送医救治。据方志新透露，女性被害者名叫梁真真，两人是情侣关系；另一名死者吴岩是梁真真的同事。

我问同僚具体情况。他指指血泊，又指指茶几破损角：“袁哥，根据报案人口供，当晚他回到家，发现男死者在侵犯女友，两人发生争执，他被对方用水果刀划伤，留下了这摊血。男死者想要进一步实施侵害，因为踩到血液滑倒，后脑撞上茶几，当场毙命。报案人立刻查看女友的情况，做了简单救助，女死者上身的血迹就是这么来的。初步断定，女死者的死因是机械性窒息，测过尸温，死亡超过一个小时，报案人的救助不会有任何作用。察觉到这点，报案人才拨打了报警电话。”

以前师父每次出现场，不论勘察人员汇报多详细，他都会自己再看一遍。而我往往等到快结案，才明白他抓着不放的细节会起到什么作用。如今他已不在，老何哥去医院录口供，我受这声“袁哥”，不能再等别人把线索嚼碎了喂嘴里。

向同僚道声“辛苦”，我绕过血迹走到沙发旁。女性被害者脚趾处出现了淡紫色斑痕，我套上手套一按，痕迹受压消失。在靠近沙发脚、距离男死者几寸远的地毯上，除了救助过程中滴落的血点外，还有一小片很淡的擦拭型血迹。

我离开沙发，走上阳台。不大的区域内放着一台洗衣机，里面有一堆深浅不一的衣物，以及一条褐色毛巾，都没烘干。从阳台转入厨房，一眼可见餐具整齐地排列在水槽旁，水槽内残留有水滴。我伸手摸了摸餐具，触感干燥。

回到客厅，我站了一会儿，打量着地上的血迹。几分钟后，我快步走进厕所。盥洗池和墙壁夹角处，摆放着女性护肤品、一黄一蓝两只漱口杯，以及和杯子同色的两支电动牙刷。斜对面的墙上钉着金属支架，上下挂了两排毛巾，上排右侧是一条深蓝色毛巾，左侧空着；下排左侧是一条浅灰色毛巾，右侧空着。

我叫来同僚，问他方志新有没有用过毛巾，他点点头：“我们到的时候，他拿毛巾缠着胳膊止血。”我问他毛巾颜色。他答鹅黄，反问我怎么了。我只点点头，叮嘱他重点搜集几处证据，尽快比对结果，转头去了医院。

赶到医院时，方志新的病房外守着一个同僚，老何哥在里面问话。我探头去看，只见方志新两手缠着纱布，面色苍白，精神萎靡，胡茬都冒了一圈。没多久，老何哥合上笔记出来，顺手带上房门。我汇报了现场情况，问他怎么看。他摸了摸下巴：“按你的方向查。”

两天后，摸排民警反映，案发当天，方志新曾闯入一间酒店，与吴岩发生过肢体冲突。

酒店员工表示，当晚九点多，梁真真与吴岩同行进入酒店，还没来得及开房，方志新便怒气冲冲赶到，抄起椅子砸向吴岩，吴岩受伤倒地。梁真真匆忙抱住方志新，哭求有什么事回家说。方志新却不依不饶，吴岩随即起身还手，两名安保人员与三名群众合力才将他们拉开。酒店前台想报警，方志新愤而带着梁真真离去。吴岩被按在一边，情绪激动地咒骂要弄死方志新。酒店员工询问是否需要帮助，他甩开安保，一边打电话一边走出了酒店。

与此同时，同僚递来了案发现场调查结果，但吴岩的尸检报告还要等。我不想浪费时间，联系方志新到市局协助调查。

在询问室，他黑眼圈很重。我问他是不是没睡好。他下意识摇头，又点头：“我总会想起真真，如果我不去买酒，她可能就……吴岩那个畜生，凭什么就这么干脆地死了。”我没接这话，让他详细说说前因后果。方志新很配合。据他表示，案发当天，他意外撞见吴岩带梁真真进酒店，三人发生了冲突。回到家后，他质问梁真真为什么背叛自己，梁真真不答，只顾看短信。他抢过手机，发现是吴岩的消息，一时气上心头，对梁真真动了手，梁真真也抓破了他的胳膊，甲缝因而留下皮屑组织。

根据调查，当晚十点左右，邻居曾听见一男一女的争吵声。此外，吴岩手机显示，当晚十点，他给梁真真发了一条短信："我想见你。"十点零一分，梁真真回复："我们结束了。"证据与方志新口供一致。

方志新说，虽然当时很愤怒，但也不舍得对梁真真下重手。可心头火无处发泄，他便摔门离开，和门卫打了个招呼，去便利店买酒、吃东西。门卫证实，方志新走出小区时大概是十点二十。方志新离开的同时，吴岩又给梁真真发了短信："我到楼下了。"梁真真很快回复："你走吧，我不想见你。"

当晚十点二十四分，方志新进入便利店监控，购买两罐啤酒后离开。同僚在便利店附近的垃圾桶内找到了空酒瓶，上面有值班店员及方志新的指纹。十点三十一分，方志新回到便利店，买了一桶泡面，一直待到十点五十才离开。

我问："之后发生了什么？"

方志新用力抹了把脸，神情痛苦："我回家了。我知道真真肯定是被吴岩那小子骗了，不管他们发生了什么，我都可以原谅她。我想和她好好谈谈这件事，但我打开门，却发现吴岩……像头野兽似的趴在真真身上！我冲他大喊：你干什么！"

吴岩仓皇回头，匆匆提起了裤子。此时方志新才发现，梁真真一动不动，面颊青紫。他警钟大作，怒斥“别乱动”，同时摸手机报警。被撞破丑事的吴岩骤然暴起，抓过果盘里的水果刀，一刀划伤了方志新。鲜血滴落，吴岩杀红了眼，扑上来要拼命，没承想一脚踩到血泊滑倒。方志新只听“砰”的一声闷响，吴岩便不再动弹了。他顾不上吴岩，赶到梁真真身边，手忙脚乱地做心肺复苏，却怎么也救不醒她。二十分钟后，绝望的方志新选择了报警。

说完，方志新痛苦地抱住头:“那个畜生，凭什么就这么死了……他还没给真真赎罪！”

方志新

我的计划本该天衣无缝，但恐惧依旧在蔓延。在那间并不敞亮的询问室里，面对两个表情严肃的警察，我的耳鸣从未间断，汗湿的手心几乎攥湿裤管。我其实没有骗他们，我对真真的死悲痛欲绝，对吴岩的憎恶刻入骨髓，对整件事追悔莫及。只不过，我更改了其中一部分内容。我想保护自己，这有什么错?

听完我的故事，那个姓袁的警察翻开文件，将一张水果刀的照片递了过来，问我凶器有没有可能是吴岩带到案发现场的。七分真三分假，谎话才能变真话。早在跨进这间房时，我就提醒自己，除了最重要的部分，其他的一切我都会如实相告。我告诉他，那是真真家里的刀。

他思忖几秒，问我:“为什么属于梁真真的刀，上面只有吴岩的指纹？”

我耸了耸肩：“真真很爱干净，可能那天刚好洗过刀吧。”

他又问，案发当天我去没去过阳台。我摇着头，如实否认。

他若有所思，用文件夹一下下敲着手心：“你没去过，衣服就是梁真真自己洗的。但一个爱干净、生活规律的女性，怎么会深浅色衣物混洗，还搭上一条洗澡毛巾？”

我不露痕迹地咬了咬牙：“可能那天她急着出门，没顾上分开洗吧。”

他站起身，拿着文件夹来回踱步：“你不觉得奇怪吗？按理说，梁真真当天急着出门，是为了去开房，你的出现完全是意外。在你露面之前，她应该预留了足够的时间和吴岩幽会，至少三小时吧。既然要洗衣服，为什么她不选择时长两个半小时，带烘干的洗涤程序，而是让衣服湿着留在洗衣机里？”

我有些心烦意乱，我不明白，他为什么抓着这些不重要的细节不放：“我怎么知道她在想什么。”

砰！没来由地，他突然拍响了桌面：“方志新，你在撒谎！”

我被吓出个激灵，本能抬头去看他，他却抓着文件夹向我迎头劈来！惊慌之下，我下意识扬手格挡，文件夹却轻落在了胳膊外侧，差点打到缠着绷带的伤口。我火冒三丈，甩开文件夹怒斥：“你干什么！”

他竟然问我，吴岩是不是这么划伤我的。

我一下被问住了，就听他继续道：“正常人面对突然袭击，都会这么挡，你也是。那我就不明白了，你胳膊上的伤怎么是向内划的！”

该死，他真的在怀疑我。太阳穴突突乱跳，急促上冲的血液让我脸上发烫，我攥紧拳头，强迫自己尽快冷静下来:“他冲过来的时候，我的注意力都在真真身上，没反应过来不是很正常吗？”

“你的意思是，吴岩带着杀心，右手持刀，在你完全没反应的情况下，不选择捅刺，也不打落你的手机，偏偏割你左胳膊？”

我反问他为什么不可以，他莫名其妙地乐了:“狡辩有一套，可惜你处理现场的手段却不怎么样。厨房的碗筷早就晾干了，水槽怎么还会有水迹？是你用的吧，洗水晶奖杯上吴岩的血是吗！”

“你血口喷人！”我的心脏在狂跳，手脚发麻，脱口的辩解都变了调:“什么水槽，我没用过！水槽有水也赖我？老天下雨也是我把天捅破的？”

他“哦”了一声，话锋突转:“你什么时候拿毛巾擦的奖杯？”

这种低级的套，我才不会钻！

“擦什么奖杯，我没擦过！我被割伤了还不能拿毛巾包扎吗？”

他问:“毛巾不在水槽边？”

我控制不住地怒吼:“在厕所！”

他又问:“你伤得这么重，去厕所的路上怎么没在地上留下血迹？”

我浑身一震，嗡鸣瞬间击穿颅腔。

他将文件夹扔回桌上：“莫非你想告诉我，你有预知未来的能力，早就从厕所拿了毛巾出来，就等着吴岩划你？”

我僵坐在椅子里，大脑高速运转，试图找到合理的辩白。我想告诉他，我提前拿了毛巾，却无法解释为什么提前拿；我想告诉他，毛巾就在客厅，却无法解释为什么口供冲突；我想告诉他……

他冷眼看着我，步步紧逼：“聊爆了？聊爆了我来说。知道尸斑吗？梁真真手指、脚趾出现尸斑，如果是吴岩在强暴她的过程中杀了她，尸斑不会出现在这个位置。案发当天十点，你的确和梁真真吵过架，而且吵得很厉害，你起了杀心，掐死了坐在沙发上的梁真真！”

他的声音回荡在房间里，从四面八方向我扑来，一层层压在背上，将我压得难以呼吸。缺氧导致的眩晕，在我眼前浮出一个个光斑，光斑又聚合成一张张面孔，全是真真：她的微笑，她的娇羞，她生气时皱紧的眉头，她痛苦时横流的眼泪……她在光影里看着我，因窒息而涨红的脸爬满绝望，她喉咙里挤出“咯咯”声，凑不成一句完整的话。

我抓紧桌沿，两条腿痉挛地抖动：“我没有……”

“你有！”姓袁的警察不肯放过我，“你回过神时，梁真真已经死了，正巧吴岩找上了门。你意识到，这对奸夫淫妇应该向你赎罪，用身败名裂和两条人命。你关了电闸，在茶几上放一些让吴岩感兴趣的东西，然后打开门，躲到岛台餐桌后面。

“楼道里是红外线感应灯，他借着微光进屋，发现梁真真坐在沙发上，向她走了过去，又看到茶几上的东西，摸索了茶几和沙发，留下大量指纹。而你趁他不备，从后用奖杯砸晕了他。吴岩摔倒在地，后脑的血擦到地毯上，可能当时太黑，你没注意。之后，你用衣服捆住吴岩，又从厕所拿了毛巾堵住他的嘴，防止他清醒后挣扎。做完这一切，你离开家，去便利店制造所谓的不在场证明。”

我不断摇头，红着眼盯紧那警察：“胡说八道……你说我打晕吴岩，可我走的时候，他才刚到楼下！”

“你怎么知道他什么时候到的？”

我怔在当场，手脚冰凉。

他冷眼看着我，一下又一下敲响桌子：“梁真真家是老小区，没装监控，门卫室形同虚设。你特意和门卫打招呼，引导他确认你离开的时间。从梁真真家到便利店，需要三到四分钟，你的确在十点二十四分进入便利店监控范围。如果吴岩十点二十抵达小区，你确实没有作案时间。但吴岩不是十点二十才到！

“他恐怕提前了五到十分钟。你离开家的时候，拿走了梁真真和吴岩的手机，买完啤酒离开便利店，随便找个犄角旮旯，把两只手机的时间往前调，发送了那几条短信！梁真真的手机上有你的指纹很正常，所以你没擦。但你就没想过，擦完吴岩的手机，用他的手重新按上指纹时，应该在屏幕上多按几次，而不是只有抓握的动作？他用的二十六键，要打出那两条短信，不会只有一两个指纹！”

嗡鸣覆盖了他的话，我抱住头，喃喃着“我没有”“不是这样”，真真的面孔却在眼前不断晃动。她说：“你杀了我，方志新，是你杀了我。”

姓袁的警察还在说话:“做完这一切，你喝了啤酒，回到便利店吃东西，一直待到十点五十。回家以后，你将用过的衣服和毛巾塞进洗衣机，可能觉得只洗两件容易暴露，又从梁真真屋里找出几件，一股脑塞了进去，用三十分钟的快洗抹去痕迹。的确，衣服上找不到吴岩的DNA，但吴岩的上牙缝里，残留着毛巾留下的纤维!

“接下来，你拿了另一条毛巾，我猜是梁真真的洗脸巾，她用黄色，你用蓝色，情侣套。你清洗了奖杯上吴岩的血，用毛巾擦干，将奖杯放回壁龛，然后割伤自己，留下血迹。你也没想过，一个人遇袭，血迹不应该滴落得这么规整！然后，你脱下吴岩的鞋伪造滑倒痕迹，假意救助梁真真，再用毛巾包扎伤口，掩盖可能残留的吴岩的血。等衣服洗完，你假扮受害者，拨打报警了电话！”

真真笑了:“方志新，你这个蠢货。”

我挥手打散她的脸，和那警察四目相对。他看着我，像看一条畜生。

“我……”我听见喉口挤出的哀鸣，沙哑扭曲，“我没想杀真真……”

她是我最爱的女人，我从没想过伤害她。

我和她恋爱了三年，是所有人眼里的模范情侣。一年前，我们开始谈婚论嫁。为了准备婚房，我卖力工作，一心憧憬着美好的未来。但没多久，她却在没和我商量的情况下，突然买下了一套二手房。她的理由是，女性结婚前拥有自己的房产会更安心。可我知道，她是在变相表示：我们有离婚的可能。

那段时间我压力倍增，我不理解的是，真真那么爱我，为什么要担心离婚。她是在上保险。可我难道不能成为她的保险？不仅如此，她还开始躲我。我们恋爱以来，她一直很听我的话，我不允许她和其他异性聊天，要求她每天必须说早晚安，如果超过半个小时不能回复消息，就要报告自己的行程，她一直完成得很好。

但从一个多月前起，她开始玩消失，还经常以部门聚餐、公司加班等理由，搪塞我的约会，甚至不愿意让我在家里过夜。她背叛我了，而我还不知道奸夫是谁！为了把真真留在身边，我在她手机里装了一款隐藏监控软件。很快，我就抓到了把柄：她果然和一个 QQ 好友语言暧昧。

出事那天凌晨，我在床上辗转反侧，满脑子都是真真与其他男人调笑的模样。我爱她如命，为了赚钱娶她，我没命地工作，和客户拼酒拼进急诊室，我甚至可以为了她去死！她为什么这么对我？我想不通，一遍遍翻看我们以前的聊天记录，想知道她究竟是何时变心的。

刚好那段时间，有很多卖片的人加我好友。我鬼使神差地通过申请，想看点能冲一发的玩意儿泄愤，对方也很上道地发来一条福利视频，内容很简单，是真真哼着歌洗澡的画面！那家伙说，这是他们的头部主播，还有更多“新鲜内容”，付费就能看。我只感到血冲脑门，立刻打开监控软件，正好看到前一天下午，真真给那个 QQ 好友发了一条消息：“雅庭酒店，明晚九点，不见不散。”她要和别的男人开房。

那个晚上，我几乎砸了半个出租房，誓要抓到这对奸夫淫妇。

出事那天九点整，我果然在雅庭酒店蹲到了他们。把真真带回家后，我气得浑身发抖，她竟然还责怪我打伤了她的同事，让她以后没脸面对他。

她还知道应该要脸！我再也压不住火，指着她咒骂她是个婊子，为了捞钱拍淫秽视频，还跟别的男人乱搞。如果不是我聪明，在她手机里装了监控，这顶绿帽不知道还要戴多久。

一听这话，她愣住了："你装了什么？"

我怒火中烧："老子装了监控！你还要不要脸，在外面勾三搭四，干的那些脏事我都说不出口，你、你对得起老子这些年对你的付出吗？"

我本以为在证据面前她会立刻痛哭认错，却没想到，她第一次冲我怒吼："你凭什么装监控，你有什么资格监视我！"

我被她的蛮不讲理气笑了，翻出视频问她怎么敢做不敢认。如果我不装监控，她是不是还要和别人鬼混之后让我当接盘侠。她泪流满面，扑上来就抢手机："你为什么要看这些视频？你和那个畜生有什么分别！"

后来的事，我记不清了。我只是想教育教育她，让她明白，做出这种不要脸的事，就该付出代价。在体力差距之下，她的反抗微不足道。她开始尖叫，我捂住了她的嘴，她拼命抓挠，我知道她很疼，她在哭，她试图喊我的名字，但我停不下来。这一个多月的憋屈、愤怒、痛苦，在那一刻如火山一样喷发而出。我从没试过这么畅快，按着她的时候，我才感到她完完全全属于我，不再是其他男人觊觎、窥伺的对象，她的身心，都在我手里。我是那么爱她，我要她的全部……而等我回过神时，她已经停止了呼吸。

我绝望地看着姓袁的警察："我不想伤害她……我太爱她了，可她为什么不自爱？我想给她做人工呼吸，可是吴岩，这个狗杂碎……竟然还敢找上门！是他害死了真真，他怎么有脸来找她！"

透过猫眼看见吴岩时，我脑子里仅剩的那根弦，"嘣"一声断了。这个狗杂碎害死了真真，要不是他，我不会掐死我最爱的女人，他应该向真真赎罪，再用这条狗命，为我洗脱罪名。

姓袁的警察唯一猜错的是，我没在茶几上放东西。吴岩进门后，楼道的灯还没熄，他用那双脏手摸了真真，发现她死了，立刻想要报警。灯在这时灭了。"砰！"我用尽全力挥出了奖杯。

袁政

方志新的坦白，将案子捋得八九不离十。但那段淫秽视频又是怎么回事？

没多久，在技术部门协助下，卖片人宋明落网。在他的电脑里，我们翻出了上百段偷拍视频，涉及卫生间、卧室、桑拿房、公共厕所，甚至酒店套间。受害者高达数十人，获利将近十万！

面对铁证，宋明承认偷拍，但他却说："都是岩哥……不是，吴岩，吴岩让我干的。"

一年前，宋明的爷爷查出肺癌，为了治病，父母四处奔波筹钱。当时有位只大他七岁的小姑借住在他家的老房里，他便趁着拜访的由头，在厕所插座安装了针孔摄像头，想拍些“好东西”，多赚点钱给爷爷治病。但他没想到，安装摄像头后不久，迫于压力，母亲卖掉了老房。而买下那套房的人，就是梁真真。

宋明得知时，梁真真已经开始装修了。他没办法回收摄像头，又听母亲说买房的是个小姑娘，索性搞点“新鲜好货”。他更没想到吴岩会发现摄像头，还找上了他，而且不止一次。最后一次，吴岩让他做了两件事。一件是要求他和梁真真开房，以便吴岩借英雄救美“上位”；另一件是让他想办法，给方志新发梁真真的裸体视频，声称她在做色情主播，彻底搅黄这对情侣！

吴岩的如意算盘打得很响，以方志新的脾气，一旦他怀疑梁真真做了对不起自己的事，势必跟她剑拔弩张。一面是渣男方志新的霸道不讲理，另一面是暖男吴岩的体贴入微，即便梁真真再爱方志新，她也很可能陷入吴岩的温柔乡，无法自拔。

宋明说：“我哪里想得到，她男朋友刚好那天看的视频，又会撞见了他们两个。他们打架的时候，我还坐在大厅嘞，动都不敢动。吴岩后来给我打电话，说英雄救美的事以后再说，所以我就走了。都是他让我这么干的，我就是帮朋友个忙……”

“他让你干什么你就干什么？”我指着他怒斥，“你知不知道你害死了人！”

宋明还想撇清干系：“我没想过害她，哪晓得她会死……我承认我偷拍，但她的死，我真的没……”

我拍案而起：“你摸着良心回答我，她的死跟你没关系？不是你做这些下三滥的事，不是你拿人家的清白谋利，事情会走到这一步？你没想到会害死她，但你从一开始就不该违法！”

宋明还想辩解，老何及时拦下，生拉硬拽地把我拖出了审讯室，他怕我又闹一出殴打嫌疑人的事。最终，方志新和宋明各自受到了应有的惩罚。

在看守所，得知真相的方志新两手紧抓着桌板，痛不欲生："为什么，为什么她不告诉我……为什么不跟我说？我是她男朋友，真真为什么不跟我商量，还跑去找吴岩那个杂碎？我才是应该知道一切的那个！”

我问他，如果他知道梁真真被偷拍长达半年，他会怎么做。他摇晃着桌板，怒吼："当然是保护她！”

“你放屁！”我太阳穴一阵钝痛，“如果你真的那么爱他，就早该知道，你的占有欲让她承受了多少压力！梁真真敢跟吴岩说，却不敢跟你说，难道是因为她喜欢吴岩？那段时间，连同事都发现她精神状态不稳定，可你呢？你在怀疑她对你不忠！她真正遭遇的，你连问都不问！口口声声说爱她，你爱的只是你自己！”

方志新根本听不进去，只是不断重复为什么。这一连串的为什么，我也说不清。三年的感情本该足够深厚，但面对困境时，梁真真仍然选择独自承受。她或许单纯得有些蠢，又或许敏感得太多疑。而她的想法，已经再也没人能知道了。

案子结束后，我在当年拜师的餐馆摆了一桌，请师父吃饭。

酒过三巡，我借着醉意问他："方志新问我为什么，我也想问——为什么，为什么她不报警，不寻求警察的帮助？她那么年轻，不该是这个结果……”

师父拨弄着酒杯：“每个人都有自己的选择。警察不是救世主，要做的只是维系法律这条道德底线。如果你还分不清什么是职责，什么是不必要的自责，这几年刑警，你也白干了。”

我忽然笑了：“那刑警的职责，包不包含发现疑点，追查到底？”

钟子旭绑架案后，我查了杨乾元自杀案的材料。我不知道自己在怀疑什么，一宗已经有了定论的案子，如果没有足够有力的新证据，不可能翻出来重审，我只是想知道自己有没有漏掉关键点。为了这个看不见摸不着的关键，我耗费了大量心力，几乎只有靠酒精才能入睡。老何找我谈了几次，全无效果。

师父终于将视线从酒杯上的水珠移开，和我四目相对。然后，他也笑了：“你会想明白的。”

那之后，我有很长一段时间没再见过师父。但我永远记得，拜师那天，我还是个愣头青，问他干刑警最重要的特质是什么，勇敢？正直？无私？奉献？

他告诉我：“最重要的，是记住刑警只是一份工作。有人把工作当事业，有人当差事。你怎么选？”

10

番外·深渊无尽处，唯有坚守

“你给了我希望，又打碎它”，无论过去多少年，他用尽全力挥舞双手的模样，仍然深深刻在我的脑海里。从那时起，每到阴雨天我就容易发梦，梦里他拼命挥舞着双手，胳膊的残影就变成一条条肉色触手，扑过来死死缠住我的脖子。我想喊，但喊不出声，于是我也开始挥舞双手，他却看不懂我想表达什么。很长一段时间之后，我才意识到我们之间隔着无法跨越的鸿沟，这鸿沟来自躯体，也来自灵魂。

这座城阴雨不断，尤其是雨季，连绵的雨水让我很难入睡，我不得不换上隔音窗帘。海琴说，问题不在雨中，而在我心里。她说得不错，但这块心病很难治。我坚持每个月都去看他，买些米和油。我知道他过得不好，他还在恨我、怨我、怪我。我似乎帮不了他，但我还是要去，我也必须去。

这是我从一套日记里看到的内容，日记横跨九年，记载了一位民警的日常工作，也记载着他从未解开的心结。记录者叫魏伟光，从警二十余年，曾获两次个人三等功、一次集体二等功。他是滨河派出所的优秀民警，也是我加入警队后的第一个引路人。

二〇一六年十一月二十二日，适逢小雪节气，冷空气由西南方逐渐蔓延，阴雨夹杂着浓雾，路上人流匆匆、车流昏昏，天地间的一切好似都让沉甸甸的雷云压得透不过气。我也感到憋闷，每一次呼吸，吸入的仿佛不是氧份，而是某种被高度稀释的酸，烧灼得喉口、鼻腔火辣辣的疼。但不是因为天气，而是因为一个人。

在沙河街一处居民楼，我再次见到了魏伟光的爱人舒海琴。那时，我刚满二十四，还在辖区干民警。她年长我近两轮，因一夜白头，看起来比上次见老了七八岁。九十平方米的老屋，客厅并不宽敞，挤着所长、副所长、教导员、我以及无声落泪的她。教导员握着她的手，力道大得骨节发白，却怎么也组织不好语言。我们都不得不接受一个既定的现实：魏伟光殉职了。

从警这些年，我跟过两个师父，一个是刑警队的杨锐，另一个就是魏伟光。如果说，杨锐让我明白如何将“不对劲”变成疑点，再将疑点变成证据，那么魏伟光，就是那个最早让我明白“什么是警察”的人。在他身上，我看到了一个民警的无奈、愧疚与挣扎，但更多的是穿上警服后的担当、坚韧和永不放弃。

滨河派出所辖区面积一点五平方公里，实有人口三万多。由于靠近闹市与河道，加上几公里外即是火车站，又有三所中小学及大中专院校，区域内人员构成复杂，派出所三十名民警能忙得焦头烂额。魏伟光不是其中最拼的一个，却是最关注电信诈骗的一个。他不厌其烦地给居民做宣传，组织社区和学校举办反电诈讲座，甚至牺牲休息时间，一趟又一趟地跑老年活动中心，还自掏腰包印刷传单，劝解老百姓提防不断翻新的诈骗手段。

社区警察的工作本来就琐碎，我跟着他反复下社区，从烈日当头干到寒冬腊月，穿过办年货的热闹人群，又闯进放风筝的亲子家庭，被磨得焦头烂额。

他见我拉长脸，笑着拍我肩膀："年轻想立功，想破大案、要案，尤其是凶杀案，无可厚非，但将案件扼杀在摇篮，尽力减少老百姓的损失，不让更多人受到侵害，比事后弥补更有意义，也更对得起自己的良心。"

那时，我尚不明白他话里的深意，但也不愿被小瞧，梗着脖子辩解："师父，我是想立功吗？我那是担心你的身体，每天这么来回跑，太操劳了。"

我跟他的时候，就知道他健康有点问题。魏伟光四十九岁，对普通人来说仍处于壮年，但作为常年奔波在一线的干警，他已经过早透支了身体。几次值夜班，他都觉得胸痛、头晕，特地在抽屉里备了一堆药。我劝他趁休息日去医院看看，他嘴上答应得勤，有没有真去我却不清楚。不过但凡有什么不适，他的百宝药囊都能轻松解决，加上他一米七八的个子，生得膀大腰圆，拎嫌疑人跟拎鸡仔似的，掰腕子也能给我干趴几回，我就没太当回事。

直到二〇一六年十一月十六日，我记得很清楚，那天上午天空就压着一层厚重的积雨云，魏伟光带我跑了趟河道旁的居民区，调解因私盖违建引发的冲突。这头刚完事，我们就接到警情，有群众报案称，一处连接游步道的桥洞内，一男子向人泼洒汽油，疑似准备纵火。情况紧急，魏伟光带着我直奔现场。空中云山压境，馒头状的云层如同笨重石块，几乎逼近面门。我一口气没缓上来，心头像是堵进了团湿粘的棉絮。

赶到桥洞时，周围已经聚集了不少人。我们上气不接下气，只得一面喊“退后，别看了，散开”，一面费力挤进人群，赫然见阴影里一个男人正抱住另一个男人，手里还拿着只磨砂面的防风火机。让我震惊的是，这两个人，我竟然都认识！

被抓住的男人叫王兴，因诈骗罪判刑十年，鉴于表现良好，去年提前释放。出狱后，王兴没找着什么好工作，时常混迹精武馆。而当年抓捕他的警察正是魏伟光，我们调查非法聚赌时，魏伟光语重心长地劝过他，让他不要好高骛远，用服刑时学来的手艺自力更生。至于另一个男人宋金勇，年过五十，天生哑疾，家里除了他再没别人，他就靠背背篼和收集废品维生，日子过得尤为清贫。除夕前，魏伟光和我去给他送了一桶油、一袋米，还有两条油亮的腊肉，却被他抄着扫把赶了出来。我既震惊又疑惑，可魏伟光只是重重叹了口气，什么也没对我说。我原以为是师父心地太好，见谁可怜都想帮上一把，结果自己碰了个鼻青脸肿。而今我哪里想得到，会在这种情况下再见宋金勇。

此时宋金勇脸上挂了彩，死死勒着王兴脖子，涨红的脸上尽是杀意。而王兴脸色惨白，头破血流，身上泼满汽油，一见魏伟光就大叫“魏警官救我”，险些吓出猫尿。距离两人不远，掉落着一块染血的砖头，还有一张面朝下的纸片，看不清是什么。

魏伟光让我疏散群众，自己迎着两人走了过去。就听宋金勇“啊啊”直嚷，拇指在滚轮上用力拨了拨。可能是太过紧张，他并没有打燃。魏伟光立刻站住脚，举起双手安抚。

“老宋！不要做傻事，把火机放下！”

宋金勇只是摇头，挥舞着胳膊让魏伟光退开。我趁机向群众了解情况，才知道不久前，宋金勇跟着王兴走到桥洞下，趁王兴低头系鞋带的空档，突然拧开矿泉水瓶，将里面的液体全都泼在了他身上。王兴到底正当壮年，反应很快，蹿起来还了宋金勇一拳，大骂“你神经病啊”。宋金勇也不答话，掏出火机，扑上去就要按住王兴。

看见火机，又闻见那液体的异味，王兴立刻反应过来对方想干什么，一把推开宋金勇就跑。宋金勇便从地上捡起一块砖头，追上去狠狠拍在了王兴后脑勺上。这一下打得夯实，王兴当即被击倒，鲜血顺着后脑淌了一地。宋金勇赶上前，骑在王兴身上，从衣兜里摸出一张疑似照片的东西，血红着两眼给王兴看。

围观了全程的大姐说得眉飞色舞：“哟喂，也不晓得上面是哪样，被打的那个就吓傻了，不要命地喊‘不关我的事，不要找我’，鬼上身一样！怕不是中邪了！”

“大姐，谢谢啊，”我安抚住她，“但现在不是看热闹的时候，马上回家，这里很危险。”

推开几拨群众，我又急忙给局里和消防打了电话，得知 120 正在路上，消防同志也正马不停蹄地往这边赶，但游步道过不来车，他们就算到了，也得费点功夫才能抵达现场。好在没过几分钟，增援的同僚赶到，我忙放下驱散群众的工作，扭头抢近魏伟光身旁。

宋金勇情绪极不稳定，原本干瘦的脸此时涨得紫红，布满血丝的两眼像是在血洼里泡过，红得骇人。王兴根本不敢动，只一个劲哭求魏伟光救他。

“魏警官，你跟他说说，不关我的事，我都是听上面安排，冤有头债有……”

王兴后话没说完，宋金勇用力一勒他脖子，火机再次移到身前，“啪”地打燃了火苗！

“宋金勇！”

魏伟光一声大喝，向前冲出两步。宋金勇生怕他靠近，捏着火机指向魏伟光，示意他不准动。这番变故前后不过短短几秒，我冷汗已经浸湿了衬衫。虽说在户外，且汽油量不多，又已经挥发了一段时间，但难保浓度依然充足，一旦遇上明火，即使没有接触，仍然可能瞬间引燃！

万幸，由于魏伟光及时的呵斥，让宋金勇移离了明火。但麻烦的是，那是防风火机，打燃后风吹不灭，还能燃烧一段时间，即便我有机会扑倒宋金勇，也不能保证明火不碰到汽油。这让我心跳如擂鼓，魏伟光也满头大汗，不断劝宋金勇冷静。我突然想起大姐说的“疑似照片”的纸片，忙向魏伟光汇报了这件事。

他眉心一紧，忽然高声道：“老宋，我知道你想要什么！”

这话一出，宋金勇果然脸色大变。

魏伟光指向王兴：“你是不是要他跟小强道歉？”

小强是谁？我满脸错愕，就见宋金勇脸上肌肉抽了抽，两行清泪竟从那双红眼里淌了下来！

“我知道你心里苦，”魏伟光也动了容，“你说不出来，我帮你说。王兴！想活命就说话！”

王兴两腿发抖，一个劲嚷“我道歉，我道歉”，却没句明白话。宋金勇的情绪再次波动，勒着王兴干号。他什么也说不出来，急得满头青筋，鼻涕跟着眼泪一起流，只有唾沫喷了王兴满头满脸。

魏伟光比他还着急，差点喊劈了嗓子：“让你向宋家强道歉！”

“我向宋家强道歉！”王兴跟着喊，“对不起！对不起哥！”

随着阵阵哀叫，宋金勇肉眼可见地松懈了几分。魏伟光趁机迈近两步，我也找到机会，和几个同僚分散开，绕到两侧等待扑倒宋金勇的时机。

“老宋，”魏伟光喘了口气，“老宋你听，他道歉了，他知道错了！你不要干傻事，把火机放下。”

王兴自作聪明地补了句：“大哥，你听警察的，他的死不关我的事，你要找就找……”

这句话再次刺激了宋金勇的神经，他表情狰狞，“啊啊”乱叫，火机又移向了王兴。

我警钟大作，就听魏伟光喊：“老宋！你怎么能用这个火机杀人，这是小强送你的生日礼物啊！”

宋金勇霎时怔住，攥着火机的手不住颤抖。汗顺着魏伟光额头滴落，直滚进眼里，滋红了他大半眼白，他顾不上擦，向宋金勇开口。

“你忘了？小强国庆不回家，去大卖场做录入员，跑上跑下，五层楼都跑完了，才赚来这一百二十块钱。他知道你好这口旱烟，给你买了打火机，孩子多乖啊……你怎么忍心，用他给你的礼物伤害别人、伤害自己？你是要他死都不得安宁嘛！”

几句话挑破了宋金勇的防线，他嘴唇颤抖，忽然崩溃般嘶吼出声：“啊！”

我从未见过一个男人那样号哭，哭得脖子上青筋暴起，仿佛有一只无形的大手，正在将他的心肺血淋淋地掏出喉咙。我不知道宋金勇经历了什么，却也被这惨相激得鼻头发酸。本来，事情应该就此了结，谁能想到王兴可能太过害怕，竟然趁着宋金勇分神的档口，搡开他就要跑！

“别乱动！”

魏伟光的怒吼晚了一步，火机被王兴打落，火苗舔上了沾满汽油的衣角。眨眼间，大火便吞噬了两具躯体！王兴撕心裂肺地惨叫，却还算聪明，奔着不远处的河道冲了过去，“扑通”一声滚进水里。宋金勇没他反应快，痛得摔在地上来回打滚。我顾不上多想，扒下外套就扑火，直嚷“快！帮忙！”

汽油引燃的火焰干扑难灭，魏伟光几步抢来，抢过衣服裹住宋金勇，抱着他也往河道跑，双双摔进河道。就在这时，积雨云终于承受不住，大雨带着排山倒海的力量砸下，在河面打出蒸腾水汽。我连忙赶到河边，一面招呼同僚抢救落水的王兴，一面趴在岸上伸手，配合魏伟光，将宋金勇拉了上来。谁承想等我再回头，却失去了魏伟光的身影！

“师父？”我茫然四顾，心脏瞬间提到了嗓子眼，“师父！”

没人回应，河面上再没有浮动的人头。我来不及多想，一头扎进浑浊河水，在河底抓住了魏伟光。水里的杂质刺激着眼球，肺部也憋得胀痛难忍，我却不敢换气，生怕晚一秒，就再也找不到他。把魏伟光救上岸后，我第一时间做了心肺复苏和人工呼吸，但怎么也叫不醒他。直到医护人员赶到，将他转运上车，风驰电掣地拉去了最近的医院。

我以为，他只是呛水引发休克。哪里能想到，他会突发心脏病。在医院走廊，我看着师母跌跌撞撞地跑来，还没赶到门口就摔坐在了地上，去扶她的手却僵在了半空。我没脸告诉她，师父没了，更没脸告诉她，当时扑上去抱着宋金勇落水的不是我。

从医院到派出所，从派出所到殡仪馆，从殡仪馆到魏伟光家，我说不清自己在想什么，只觉得天旋地转。我麻木地听着教导员的宽慰；麻木地站在沙发后，看着所长翻阅魏伟光的日记；麻木地想，如果当时下水的是我，师父是不是就不会出事。

透过日记，我才知道魏伟光和宋金勇的故事。九年前的秋天，正读大专的宋家强跳楼自杀，没有留下遗书，只给父亲宋金勇发了条短信：爸爸，儿子不孝。经调查，宋家强遭遇了电信诈骗。骗子自称升学办老师，认为宋家强学业优异，只要缴纳“择校费”，就有机会转读本地 211 大学，再用奖学金填补开销。宋家强前后贷了三十万，才意识到被骗，由于家境贫寒，他不敢跟在家务农宋金勇说，最终选择轻生。花样年华的孩子摔在水泥地上时，骗子还在给他发消息，让他再贷十万。

魏伟光借助宋家强的手机，与骗子周旋数日，成功捣毁电诈集团的老巢，却只收回数万赃款。由于受害者较多，交到宋金勇手上只剩下一万块钱。宋金勇不肯收，只要骗子偿命，但和宋家强联络的人仅仅是下线，远达不到死刑标准，最终获刑十年。而那个人，正是王兴！

我劝他，老宋，小强已经走了，你如果不坚强点，以后的日子怎么过？他只是喝闷酒、抽旱烟，反复摩擦着一只打火机。火机很精致，我问他在哪里买的，我也想买一个，他却大发脾气，掀了桌子要我滚出去。后来我才从小强同学那里知道，那是小强用赚来的第一笔钱，给他爸爸买的礼物。

所长还在翻页，泛黄的纸张“嚓嚓”作响，像重锤一样打在我胸口。

我帮他找了份公园门卫的活，他不肯去。我知道他在怪我，为什么不让王兴偿命，我无话可说，王兴已经为自己的所作所为付出了代价，虽然这代价在他看来远远不够。我只能经常去看他、劝他，无论他赶我出来多少次，我还是会去。这件事我没跟海琴说，怕她不让我去。我不说，她可怜宋金勇，逢年过节还会让我带一箱牛奶、一箱苹果去看他。如果说了，她连我都要骂啦。

所长停下动作，低着头抹了把脸。

我学了手语，虽然老宋耳朵没问题，但他可能更习惯手语沟通。嗨，四十几的人了去当学生，跟不上啦。欣欣比我学得快，竟然要女儿来教我，实在是丢人。

五年了，他还没有放下……

今天是小强的忌日，我没去看他。我仍然不知道该怎么面对他。

欣欣想考研，当父亲的肯定要支持嘛！我跟她说，不管遇到什么事，爸爸都会全力支持她。如果当年小强愿意说……算了，没有如果。

王兴快要出狱了，老宋的状态有点不对劲，希望是我多心了。

对不起了徒弟，让你跟着我挨扫帚抽。我不该带小袁去看老宋，这件事没考虑周全，小伙子不错，就是心急了点。我告诉他，预防远比事后弥补更重要，如果当年反诈宣传更到位，小强就不会出事了。

我没能再看下去，找了个尿急的借口，在厕所干站了很长时间。后来，我去医院探望了宋金勇，他和王兴都保住了性命，但为了治疗烧伤，已经花光了本就不多的积蓄。所长让我牵线，找红十字会募捐善款，帮他渡过难关。我把钱交给他时，他突然紧紧抓住我，缠着绷带的手费力竖起小拇指，在胸口晃了晃，干瘦的脸上涕泪纵横。那个手势不是“谢谢”，是“对不起”。

“对不起、对不起、对不起……”

宋金勇一遍又一遍地比画，跟我，也跟魏伟光，无声地道歉。离开医院时，天空又下起了雨，淅淅沥沥地扑在身上。我没带伞，茫然地漫步在街头，忽然觉得两条腿使不上力，一屁股坐在了花坛上。雨水浸湿了衣服，冰凉刺骨，我又想起那场迟来几秒的阵雨，扑簌簌将河道刷成铅灰色。那一刻，我终于意识到师父走了，带着刚刚解开的心结，永远地离开了他热爱的岗位。我抱着头蜷在雨里，在魏伟光走后第一次哭出了声。

我不是块跑社区的料，打小混不吝的性格，让我没法像魏伟光一样，不厌其烦地做科普、做宣传，我没那个定性。二〇一七年春节前夕，我联系了杨锐，问他还要不要我。他反问我怎么突然想干刑警，我说我是个闲不住的主，想把两膀子力气花在整个市里，干些被害者希望我干的事。我知道我在逃避，我不敢靠近魏伟光的桌子，不敢看那挂有他相片的荣誉墙，不敢回想那天为什么我只是脱衣服扑火。事实上，打给杨锐时，我甚至不知道去刑警队的决定是对是错，也不清楚自己能不能干好一个刑警。

但他在电话里告诉我："你跟我，不会后悔。"

就像宋金勇是魏伟光的心结，到今天，魏伟光仍然是我的心结。但我逐渐明白，他教给我不应该是悔恨，而是穿上这身制服后的担当。无论刑警还是民警，只要涉及罪案，即使案件不复杂，人性的复杂也足够撕扯人心，当凝视深渊时，很可能眼看着受害者变成加害者，一旦立不住心底那条线，就会被黑暗吞噬殆尽。警察不仅仅是一份职业，还是一种责任，一种尽全力避免惨剧不断上演的责任。像魏伟光一样的警察，无数次穿行在黑暗里，只为让自己变成一盏灯，哪怕仅是一簇微光，也希望可以给深陷泥潭的人带来一丝慰藉。

我自知比不上魏伟光的奉献，也比不上杨锐的老辣，我能做的，是尽量向他们靠拢，让受害者在经历苦难后，仍有值得信任、依靠的人。

当你远远凝视深渊时，深渊也在凝视你。

——尼采